JN072365

紙鑑定士の事件ファイル
紙とクイズと密室と

歌田 年

宝島社
文庫

宝島社

［目次］

紙鑑定士の事件ファイル　紙とクイズと密室と

FILE：01　クイズと密室と紙と

1

一月頭の寒い日の午前中。私は西新宿の事務所で、紙業界紙各紙の最新号に片端から目を通していた。情報収集である。
『紙之新聞』『Ｆｕｔｕｒｅ』『日刊紙業通信』『紙業新報』『ペーパー・ビジネス・レビュー』、さらには『新文化』『出版月報』……。現物・コピー・ＰＤＦデータと、形態は様々だ。

自分で高い購読料を払っているものもあれば、元いた会社〈自然堂《じねんどう》紙パルプ商会〉の同期で企画部所属の村井《むらい》に頼んで、こっそり横流ししてもらったものもある。

記事は、〈日本製紙連合会〉による紙・板紙需給速報、〈東京洋紙同業会〉がまとめた月間市況、〈出版科学研究所〉が発表した月間の書籍・雑誌推定販売金額と、それに関連した出版トピックス（『人気ラジオ番組構成作家のミステリー処女作が初登場二位にランクイン！』等）、〈東京紙商家庭紙同業会〉が発表した東京地区の家庭紙市況概況価格調査、あるいは脱炭素取り組み効果などの環境問題関連、銘柄廃版情報、和紙を使った作品展の告知、そして各社の動きや人事情報等々――。

それにしても、他業界と同様に紙業界の業績悪化も隠しようがなく、どうにも暗い気持ちになる。

銘柄の廃版も寂しい。需要の少なくなった銘柄は、設備や材料、倉庫等のコストと利益とを天秤《てんびん》にかけ、あっさりと抄造《しょうぞう》（紙料をもとに紙を抄《す》いて製造する）を終了させられてしまう。我々紙屋がせっかく頭や指先に覚えさせた商品スペックも、端《はし》から意味を無くしていってしまうのだ。

そんな後ろ向きな状況に反し、業界に新風を吹き込もうと気概を見せる業界誌があった。『月刊ＫＡＭＩ‐ＺＩＮＥ』という、まだ創刊二周年を迎えたばかりの新しい雑誌だ。Ａ４判・中綴《なかと》じ・二〇ページ。紙のマガジンという意味で〝カミジン〟と読ませている。業界紙特有の堅さを払拭し、ポップで柔らかいイメージを前面に押し出しているのが特徴だった。

メインの業界記事の他に、エッセイ、俳句・短歌、四コマまんが、果ては連載小説やゴシップめいたコラムまである。一般週刊誌並みだ。

二周年記念号の冒頭には、編集長の挨拶文が掲載されていた。長い文の締め括《くく》りには「まだまだ未熟で至らない誌面ですが、笑われて、笑われて、強くなりたいと思います」とある。

最後の方はどこかで聞いたような気もするが、なかなか立派な心掛けである。無分別に個人の紙商として独立したことを笑われた自分も、見習いたいものだとつくづく思った。

鼻から息を抜き、ページを繰る。そこで思わず瞠目《どうもく》した。

二周年記念特別企画として、懸賞付クイズなるコーナーがあったのだ。題して『紙人32面相の紙《かみ》ってる！推理クイズ』。

〝紙人32面相〟なるオリジナルキャラクターが読者に推理クイズを出題し、正解者には一〇万円の賞金が贈られるというものだった。

32面相が、かの江戸川乱歩《えどがわらんぽ》が生み出した有名な怪盗「怪人二十面相」のパロディなのは明白だ。三十代後半の私はもちろん、多くの人が知っている。紙業界だから〝紙人〟ということらしい。当然、誌名にも引っ掛けてあるのだろう。

タイトルの横に添えられたデフォルメタッチのキャラクターイラストは、目の辺りに黒いハーフマスクを着け、口許《くちもと》にカイゼル髭《ひげ》、そして黒いマントを羽織っていた。いかにもそれっぽいが、元祖の二十面相がそういう出《い》で立ちだったかどうかは、私もよく覚えていない。

それにしても、一〇万円といえば大した額である。しかも三号連続らしいから大盤振る舞いだ。新参の業界誌としてますます名を売っていくための渾身《こんしん》の策なのだろう。

相変わらず売上げの厳しい当事務所として、挑戦しないという選択肢は無かった。

早速、問題文に目を通す。内容は至ってシンプルだった。

余がいかなる人物であるかは、読者諸兄のご想像にお任せする。

余はこのたび、諸兄にとある問題を出題したいと存ずる。問題に正答したる御仁の中からクジ引きで一名に、余は金拾萬圓《きんじゅうまんえん》を進呈するつもりである。締切までの間ならば挑戦は何度でも可とする。

ずいぶん熟案されるがよかろう。

では問題。

次の三つの選択肢のうち、一つだけ「密室」が隠されているものがある。それはいずれか、頓智《とんち》で当ててほしい。その理由も述べよ。
①　イプセン作『人形の家』の単行本
②　『三匹の子ぶた』の絵本
③　「レオポンズマンション」のチラシ

紙人32面相より

書影等の画像も添付されていた。〈カドクラ出版〉の単行本『人形の家』、〈キンダガートン社〉の絵本『三匹の子ぶた』、そして〈レオポンズマンション〉の折り込みチラシの第一面である。

推理クイズに限らず、クイズというものは当然、推理して答えを導き出すわけだが、推理物、つまりミステリーの有名なトリックの一つである〝密室〟がテーマになっているところが、このクイズの推理クイズたる所以《ゆえん》ということなのだろう。

では〝密室〟とは何か。

まずその定義が肝心だろう。ぼんやりとは知っているが、一応ネットで調べてみると、〝密閉された部屋〟とある。〝外部から人が侵入できない〟とも書いてある。これだけ押さえておけばいいだろうか。

私はサーバーから熱いコーヒーを取ってきて、アーロンチェアに深く凭《もた》れかかった。業界紙を読む以外に午前中の予定が無かった私は、業界ニュースで堅くなった頭を柔らかくする意味もあり、しばしクイズに思考を巡らせてみた。

――なるほど、選択肢はいずれも〝家〟に関係のある書物・印刷物だ。家であるなら部屋もあり、〝密室〟が成立する前提となる。

『人形の家』はタイトルにズバリ〝家〟がある。

『三匹の子ぶた』は三つの〝家〟が出てくる有名な童話だ。

〈レオポンズマンション〉は大手不動産会社が展開するマンションシリーズで、集合住宅ではあるが、言うまでもなく〝家〟であり同時に〝部屋〟でもある。

それらの家に〝密室〟があるかどうか判別できれば、答えは自然に決まるというわけだ。ただ、〝頓智で〟という条件がある。大真面目に〝密室〟を探すのではなく、何らかのヒネリによって導き出されなければならない。三者択一であるからして、当てずっぽうで言っても三回に一回は当たる確率だ。だから理由が肝要なのである。

私はコーヒーを啜《すす》り、抽斗《ひきだし》から手探りで小さな箱を取り出した。五條《ごじょう》製紙の〈キリフダグロスブルーセンター〉という銘柄の紙を使ったサンプルトランプだ。三層構造の真ん中の紙が予《あらかじ》めブルーで塗装されており、宙にかざしても裏が見えない仕組みになっている。それはともかく、私の長年の愛用品で、考え事をする時に弄《いじ》ると思考がまとまり易《やす》いのである。

箱から出してリフルシャッフルをしつつ、三つの選択肢の詳細な検証を始めた。

まずはイプセンの『人形の家』だ。古い文学作品だということは知っているが、読んだことはない。ネットで検索してみると、一九世紀後半にノルウェーの劇作家ヘンリック・イプセンが書いた戯曲、とある。ある弁護士の夫婦関係を人形とその持ち主に喩《たと》え、女性の地位を見つめ直すという話のようだ。

もちろん夫婦の住む家は存在するだろうが、タイトルの〝家〟というのは住居よりも家庭のことを指しているように思える。つまりは概念だ。概念に密室が発生する余地があるのだろうか。あるいは、概念としての密室を指すのだろうか。

ともあれ、内容を精査してみないことには、はっきりしたことはわからない。実際に本を読んでみるべきだろう。

次に『三匹の子ぶた』だ。大抵の人と同じように、私も子供の頃に絵本かアニメで見て概《おお》ね内容は覚えている。母親豚が三匹の子豚兄弟を独り立ちさせることを決意する。まず彼らに必要なのは住む家だ。子豚たちは性格の違いにより、それぞれ、藁《わら》・木・レンガを材料にして家を建てる。安直な手段を選んだ子豚たちは狼《おおかみ》に襲われ、一番堅実な建て方をした子豚が勝利し、兄弟を助ける。本によっては、兄弟は既に食われていて助けられない場合もあるらしい。要は勤勉さの美徳を謳《うた》う教訓話だ。

狼によって藁の家は吹き飛ばされ、木の家も吹き飛ばされるか燃やされてしまうので、密室とはほど遠い。そもそも密室には堅牢《けんろう》さが求められるからだ。唯一考えられるのは狼を撃退したレンガの家だ。しかしドアは施錠されていたが、狼は煙突から侵入したので密室とは言えない。

最後に〈レオポンズマンション〉だ。検索結果を見ると〃レオポン〃とはヒョウとライオンの混血動物で、一九六〇年代から七〇年代に人工交配によって生み出されてブームになったということだ。マンションの命名者によれば、ヒョウのしなやかさとライオンの強さを併せ持つような、スマートで進歩的な住人をイメージしたという。

レオポンの低い繁殖力が伝染したかのように、実際のところマンションシリーズとしてのシェアは低いが、通好みのユニークな建築様式に定評があるという。

だが命名の由来をいくら頭の中で反芻《はんすう》してみても、少しも密室との関連性は浮かんでこない。もしや〃ユニークな建築様式〃の中に密室が含まれていたりするのだろうか。

家、家……と考えているうちに、いつしか私はトランプの家を組み立てていた。

慎重に積み、そうして一気に崩す。積んでは、また崩す。その作業を延々繰り返していた。これで考えがまとまる人がいると聞いたから真似をしてみたのだが、私の場合はどうもうまくいかないようだ。崩すイメージがいけないのだろうか。

ふと時計を見ると昼食の時間が近付いていていた。午後は少々遠出をする予定だ。私は熟案を中断した。荷物をまとめ、ウールのインナーが入ったトレンチコートを羽織ると、早めに事務所を出た。

2

初台《はつだい》駅前交番の向かいにある立ち食い蕎麦《そば》屋でかき揚蕎麦をかき込んだ私は、地下の初台駅から京王《けいおう》新線に乗った。

行く先は高尾《たかお》である。

数か月前なら借りていたランボルギーニが使えたのだが、今はオーナーの許《もと》に返してしまっていた。従って、それ以前のように公共交通機関を利用するしかないのだ。分相応というわけである。所詮、私に高級車《スーパーカー》は似合わない。

二回乗り換えて、一時間弱で高尾駅に着いた。駅前で手土産《てみやげ》を買い、寒空の下を歩いて一五分ほどで着いたのは、旧知のプロモデラーの土生井昇《はぶいのぼる》の家である。

周囲には様々なガラクタが整然と積み上げられている。一般的に言われるゴミ屋敷とは少し趣が違うが、物量と雑多さでは決して負けていない。一時期整理したこともあったようだが、焼け石に水だった。車庫のすっかり錆《さ》びついた軽自動車の中にまで、段ボール箱がぎゅうぎゅうに押し込められている。

古い家を眺めていると、〝32面相〟の推理クイズの家々を思い出した。例えばこのような家は密室たりうるのか、はたまた土生井ならどのように推理するのか。訊《き》いてみたいものだと思ったが、すぐに頭を振ってその考えを追い出した。

確かに土生井はその広範な知識と類《たぐい》まれなる推理力で、かつて大事件を解決に導いたことがあるが、こんなことまで土生井を頼るのは情けない。なにしろ紙に関する問題なのだ、紙鑑定士の名が廃《すた》る。

玄関を入ると、黒だかグレーだかわからない脂染みたトレーナーに、カーキ色のダウンベストを羽織った五十男が迎えてくれた。天然パーマに丸メガネ、口には銜《くわ》えタバコ。

「やあいらっしゃい、電脳先生」

土生井は私のことを未《いま》だにそう呼ぶ。初対面時、スマホやSNSについて初歩的な助言をしたからだが、私は特別そういったものに詳しいわけではないので、ただむず痒《がゆ》いだけである。

土生井自身はプラモデルに代表される模型全般の制作を生業《なりわい》としている。かつては有名模型専門誌各誌で活躍していたと間接的に聞くが、とある事情で業界から干されてしまい、今は専ら広告代理店や映像メディア（特撮番組のミニチュアやテレビニュース用の再現ジオラマなど）、あとは個人受けの仕事をしているらしい。

「電脳先生の〝カーキ色〟もいいすね」と、土生井は言った。

「なんです？」と、私は訊き返した。

「そのトレンチコートですよ」

「え、これ〝カーキ色〟ですか。今、土生井さんが着ている色の方では」と言って、私はくすんだ深緑色のベストを指差した。

「いや。間違える人がたまにいますが、これは〝オリーブドラブ〟といいます。〝OD〟とも呼んで、第二次大戦以降ベトナム戦争までの米軍を始め、世界中の軍隊が採用していますね」

「オリーブドラブ……？」

土生井は頷《うなず》いた。「直訳で〝さえないオリーブ〟。まあ〝くすんだオリーブ色〟といったところでしょうか。黒1：黄1の配合でシンプルに作れる塗料の色です。模型界ではシャーマン戦車を始めとした二次大戦中の米軍車両やベトナム戦の戦闘ヘリの色としてお馴染《なじ》みなんです。――それにしても、効率優先のアメリカらしい配合ですよね」

私は訊いた。「で、私のコートの方がカーキ色なんですか？」

「〝カーキ色〟というのは本来、そのコートのような茶色と黄色を混ぜたような色を言います。昔の英国軍が植民地時代のインドの土埃《つちぼこり》に合わせて染めた軍服の色です」

「インド……」

「そう。だから語源はヒンディー語らしいです」

「全く知りませんでした」私は肩を竦《すく》めてみせた。

土生井は続けた。「旧日本軍も中国の黄土に合わせた色の軍服を着ていましたが、それを〝カーキ色〟と呼んだせいで、軍服色は全部そう呼ぶと思っている人は昔から多いですね。ぼくが小学校の頃なんか、大戦中の沖縄を描いた物語を題材に日本兵の絵を描かされたんですが、ぼくが軍服を黄土色で塗っていたら、先生が『カーキ色というのはそうじゃない』と言ってOD色を指定してきたんです。彼らフォーク世代ってのはベトナム戦争かせいぜい朝鮮戦争までしか知らないんすよ。あんまり強く言うものだから泣く泣く塗り直しましたが、全く〝戦争を知らない子供たち〟っていうのはこれだから困るんだよ。――まあ、最近では全部ひっくるめて広義の〝カーキ色〟と呼ぶ説もあるようですが、模型の場合は厳密にしないとね。〝カーキドラブ〟という微妙な色の塗料もあるくらいですから」

今日も土生井の薀蓄《うんちく》炸裂《さくれつ》である。かつて流行《はや》ったフォークソングに歌われたという〝戦争を知らない子供たち〟よりもずっと後に生まれた土生井がそう話すのは、いかにも可笑《おか》しかった。

「また一つ勉強になりました」

コートを脱ぎ、家の中に通されたが、室温は外気と大差無いように感じられた。私が手土産を差し出すと、土生井は礼を言って座布団を勧め、台所の方へ行った。

私は卓袱《ちゃぶ》台の前に腰を下ろした。背中にセラミックヒーターからの温風を受け、人心地ついた気分だった。

周囲を見回すと、元々プラモや本や段ボール箱で溢《あふ》れ返っていた部屋に、さらに食品会社のロゴが入った段ボール箱が、自棄《やけ》を起こしたかのように無造作に置かれていた。その脇には古ぼけた玩具のパッケージも多数積まれている。

ややあって、土生井が盆に急須と不揃《ふぞろ》いの湯呑《ゆの》みと、先ほど渡した菓子を載せて戻ってきた。

私は湯呑みを受け取りながら言った。「また物が増えましたね……」

「ああ、わかりましたか」と言い、土生井も腰を下ろす。

「そりゃもう」

「実は増えた物はぼくのじゃないんです」

意外だった。

「まさか晴子《はるこ》さんの……」

晴子というのは土生井の歳の離れたパートナーで、商社で社長秘書をしている。今は別居しているが離婚の危機というわけではない。ぐっとかいつまんで言えば、家のキャパシティの問題だそうである。

「もちろん違います」

「ですよね」

「人からの預かりものでね」言葉を切って、土生井はタバコを携帯灰皿で揉《も》み消した。

「西八《にしはち》、つまり西八王子《にしはちおうじ》の方にぼくと同年代のトイコレクターがいたんですが、最近、成人病を拗《こじ》らせて亡くなってね——まあ他人事ではないんだけど——で、遺品のコレクションが膨大にあったわけなんすよ」

「聞くだにありそうですね」

「うん。それを同居の親父さんが近所の子供たちに大放出したらしいんですよ。親父さんというのは七十から八十くらいの元小学校教師でね。今は小五・小六向けの小さな中学受験塾を細々と経営しているということで、そこの生徒さんたちにタダで配ったそうで」

「すると根っからの子供好きのようだ」

土生井は頷いた。「まあ、そのとおりなんだけど。——ある日、関西に住んでいる先生の次男坊が帰省した際に、兄貴の遺品の大放出を知ってビックリ仰天したらしい。次男坊は兄貴の趣味をよく理解していて、そのコレクションにどれほど値打ちがあるかを知っていたんですな。それで、大慌てで親父さんを説得して、そんなに邪魔ならオークションでしっかり現金化するように、と言ったらしい。そこで、同じ市内に住んでいるぼくが模型を専門にしているという噂《うわさ》を聞き付けて、売り払う役目を頼んできたというわけなんすよ。売上げの何パーセントかを頂く約束でね」

「なるほど……。弟氏の意見は道理ではありますね」

土生井は手土産の菓子箱を開け、一つ取ってから私にも勧めた。

「とはいえ、ぼくの専門のプラモはたいして無くてね、ほとんどがトイでした。ところがぼくはトイに関してはとんと詳しくなくてねえ。ほら、ぼくは自分で作る派だから。――もちろん、完成品トイの造形にも見るべきものがあるし、嬉《うれ》しそうに集めている人たちを眺めるのは微笑《ほほえ》ましいんですがね……」

私は頷いた。「わかります」

「でまあ、ネットで勉強しながらなんとかこなしているというわけです。ブリキのおもちゃ・ソフビ人形・超合金玩具・ノベルティグッズ・宣材等々……。値打ち物は相場を調べてネットオークションに出品し、珍しくない物はネットフリマで売るという形ですよ。――ああ、そうそう。〝紙もの〟に関しては最近はかなり値崩れしているようで、親父さんには適当に処分していいよと言われているんだけど、紙なら渡部《わたべ》さんの専門だし、いくつか持っていきます？」

「〝紙もの〟……？」

「うん。ほら、そこにあるキャラ物の手帳とか」と、土生井は私の背後を指差した。

振り返ると、段ボール箱の上に手帳やノートが無造作に積まれている。

なるほど〝紙もの〟である。昔の紙製品の〝紙調べ〟も、ちょっと楽しいかも知れない。

「ぼくは貧乏な割に買うのはプラモばかりだったんだけど、昔は安価な〝紙もの〟のキャラクター商品が多かったですね」

私は手を伸ばしていくつか取り上げた。

表紙を読み上げる。「『シルバー仮面手帳』『ウルトラマンシリーズ らくがきちょう』『しょうちゃんぬりえ 緊急指令10・4・10・10』……ううむ、ウルトラマンしか知らないですねえ」

「そうでしょうね、なにしろ半世紀以上前の物ばかりっすから」土生井がシシシと嗤《わら》った。

『シルバー仮面手帳』を手に取ってみる。透明ビニールのカバーが掛かっていた。表紙には西洋の甲冑《かっちゅう》を思わせるウルトラセブンにも似たヒーローが、リアルタッチで描かれている。中を開くと、〝シルバー仮面㊙手帳〟と〝宇宙人手帳〟の大小二冊が入っていた。あとは〝変身証〟なる身分証と紙シール。

〝宇宙人手帳〟のページをめくってみると、番組に登場したらしい宇宙人の解説書になっていた。しかし時折妙な記述がある。

音読してみる。「シャイン星人『四〇人兄弟で、ママは歌の先生、パパは指揮者』、ピューマ星人『兄弟愛にうえており、地球のホームドラマが大好き』――わけがわからない。いったいどういう番組だったんですか」

「ああ、当時のキャラクター商品や雑誌記事なんかは、作り手が自由にやっちゃうようなところがありましたからね……」

レトロフューチャーな未来都市の絵が表紙の『ショウワのスケッチブック空中都市

『008』を手に取る。内容はただの画用紙だったが、表4、つまり裏表紙の板紙はペーパークラフトになっていた。劇中に出てくるテレビが作れるらしい。

「こっちは紙工作か……」

土生井が視線をくれて言った。「当時のスケッチブックにはよく紙工作が付いていたんですが、これが嬉しかったなあ。とにかくぼくは工作がしたくてね——あ、『008』だけはちょっと値が付くので横に弾《はじ》いておいてください。それ以外は全部差し上げます」

「モデラーの片鱗《へんりん》ということですね」と言って、私は〝紙もの〟を束ねて持参の紙袋に入れた。「では、ありがたく……」

土生井がお茶を飲んだ。私もつられて飲む。

「出品の手続きや帳簿付け、在庫管理やネット対応なんかは晴子さんに頼んで、ぼくは現物のチェックや値付け、梱包《こんぽう》と発送を担当してます。晴子さんがいなかったら回らなかったでしょうね。昨日も来て手伝ってくれましたよ」

「それは大変そうですね」と、私は言った。

「それにしても、最近こういうことが多いようで。——ぼくの世代は子供の頃に欲しかった物を大人になって資金力を得て買い漁《あさ》るという人が多くてね。それで集めるだけ集めて亡くなってしまうというパターンですよ。そして現金の遺産は全く無しというね」

雑誌や書籍でも同じような話をよく聞く。古書店の棚に急に珍しい古雑誌のバックナンバーが揃って並んだりすると、ああ、また好事家《こうずか》が一人亡くなったんだなと囁《ささや》き合ったりするものだ。

「その親父さんという人も、我が子に先立たれて悲しいですね……」

「うん、本当ですよ。親より先に亡くなるのは最大の親不孝と言いますからねえ……。そのコレクター氏も独り者でね、趣味に生きたのはいいんだけど、遺品を受け継ぐ者がいない。もっとも、子供がいたとして、同じ趣味に走るかどうかは定かではないですがね。——おっと、脱線が長かったかな」と言って、土生井は卓袱台の方に向き直った。

「では、本題に入りましょう」

3

この日、私が訪ねた目的は、土生井と私の共同開発企画〝ディオラマ運搬用紙器〟の進捗状況を伝えるためだ。

〝紙器〟というのは洋紙・板紙・段ボール等で出来た容器類の総称である。ジオラマでなく〝ディオラマ〟としてあるのは土生井の拘《こだわ》りだ。模型誌ライターだった頃の習慣らしい。

土生井によると、昨今はSNS等で作品が拡散されることでジオラマの認知度が上がり、制作するモデラーが増えているとのこと。小規模な展示会なども頻繁に開催されるようになったが、作品をいざ会場まで運搬するとなると、梱包にはまた別のノウハウが必要となってくる。

しかし作品制作以外の部分に精神的・時間的リソースを割きたくないという人は多いはず。そこにニーズが生まれるというのだ。

もちろん、ジオラマのサイズや形状は人により様々だが、複数のパターンを用意しておけば、いずれ逆にジオラマの方を紙器に合わせる人の割合が増えてくるのではないかとの目算である。

私は畳まれた段ボールを素早く開き、専用のスポンジ部材を嵌《は》め込《こ》んでコンテナ様の物を組み立てた。蓋も同様に展開させる。

「どうでしょう」

改良を加えたサンプルを見せると、土生井は傍《かたわ》らに置いてあったジオラマを手に取り、手早くコンテナに収納した。状態を確認している。ジオラマの出し入れを繰り返し、蓋の着脱を何度もチェックしていた。

そして土生井は言った。「いいんじゃないでしょうか。固定も大丈夫のようだ」

ホッとした。これで先に進められる。

「ありがとうございます」と、私は頭を下げる。「早速、紙器メーカーに何パターンか見積りを取らせます。少し時間をください」

土生井は頷き、湯呑みを口にした。私も飲む。

「ところで——実はこのディオラマ、昨日、晴子さんと一緒に来た英令奈《えれな》さんが作った物なんですよ。最近、またリハビリを兼ねて作り始めたというんで、頼んだんです」

英令奈は晴子の歳の離れた妹で、メンタルヘルスに問題を抱えている。過去の忌まわしい体験でミニチュアハウスや建築模型にもトラウマがあったはずだが、どうやら克服しつつあるようだ。

「見てもいいですか」

「どうぞどうぞ」と、土生井がジオラマを無造作に寄越した。

恐る恐る両手に受け取って見る。写真パネルを流用した台座の上に、スチレンボードで家の間取りが再現されている。

いや、間取りというほど入り組んではいない。縦長の部屋が一つだけだ。そこに、バルサ材の細切りで作った長テーブルと椅子が整然と並び、それぞれに小さな人形が座っている。

人形の家……。

「え、人形がなんです?」と、土生井。

「いえ、こっちのことです」

心の声が漏れてしまったようだ。粗相をしないうちにと、ジオラマを卓袱台の上に置いた。

「――これは会議室か教室といったところですか」と、私は訊いた。

「さっき話した塾の教室です」

「へえ、あの……」模型から目を上げて訊いた。「しかし何のために作ったんですか」

「ちょっと曰《いわ》くがありましてね……」

その言葉に俄然《がぜん》興味が湧いた。かつて、英令奈が所有する曰くのあるジオラマをたっぷり見た時の記憶が蘇《よみがえ》ったのだ。

「その曰くを訊いても差《さ》し支《つか》えないですか」

「別にいいすよ」土生井はお茶を一口含み、飲み下してから言った。「事件現場なんです」

出た。

「事件……現場？　ということは、その解決のための検討用模型というわけですか」

「ええまあ。と言ってもたいした事件じゃない。――カンニング事件です」

カンニング……。やや拍子抜けしたが、先を促した。

「なるほど、塾らしい事件ですね」

「ええ。その塾でも当然ながら定期的に模擬テストをやるそうで、国語・算数・理科・社会の四科目。――最近、七人の生徒全員が同じ間違った解答を書き込むことが目立ってきて、カンニングが行なわれているんではないかと、その老先生――馬場《ばば》先生が言うんです」

「全科目ですか」

「そう。しかしどうやってカンニングしているのかがわからないらしい」

「つまり、その謎を解くという依頼がきたんですか」

「いや、依頼というわけではなく、馬場先生のグチを聞かされただけです。ただ、仕事を回してもらったので、少しは力になってあげたいと思ってね」

私は言った。「こう言っちゃなんですが、監視カメラでも設置すれば済む話ではないですかね」

土生井は鼻の頭を掻《か》いた。「ぼくもそう言ったんですが、馬場先生は元教師だけあって厳格な人なので、そういう隠し撮りみたいなことはできないんだそうです」

「隠していなくても、隠し撮りになるんですか」

「彼の理屈だとね」

「そういうもんですか。それでわざわざ模型まで……」

土生井は首を振った。「いや、これはたまたまです。ぼくが仕事でプラモを組んでいると、英令奈さんが自分も何か作りたいと言い出したんです。ちょうど記録用に教室内を描いたスケッチ画が手許にあったので、それを渡したら、ここにいる数時間で作ってしまった」

「ほう、それはたいしたものですね」

「ええ、しかもとても精密に。——彼女、すっかり復調したようです」

「それは何よりで」

私は改めて英令奈の模型を仔細《しさい》に眺めた。

教室中央には横向きのテーブルが四列。一つのテーブルにつき二体ずつ兵隊人形が座っているが、最後だけ一体で計七人だ。

「これはプラモデルの兵隊人形ですね」

「そう、ぼくのタミヤ〈ミリタリー《M》ミニチュア《M》シリーズ〉の在庫から適当に選んだものです。〈日本陸軍将校セット〉と〈ドイツ戦車兵小休止セット〉あたりですかね。リュックというか背嚢《はいのう》は〈アメリカ現用車輌装備品セット〉かな」と言って、土生井は菓子を口に放り込んだ。

教室の前方には教卓と思《おぼ》しき小ぶりな机が一つあり、その後ろに立位の兵隊人形が接着されている。これが馬場先生か。

人形の後ろには、スチレンボードを長四角に切り出した壁掛け式のホワイトボードとキャビネットが二つ。壁の上の方には四角い物が貼り付いていた。たぶんエアコンだろう。

教室の後方の壁際にも天井までの高さと思しきパーテーションがあり、その裏には三段組の棚。ここもバルサ材だ。棚板の上には軍隊の背嚢やジェリカンなどがいくつも並んでいた。荷物置き場ということか。

ただ、棚の端に五ミリもない短冊切りのプラ板が七枚、トランプのように整然と並んでいるのが気になった。

指を差して訊く。「何ですか、これ」

土生井が一瞥《いちべつ》して言った。「ああそれ、スマホらしいです。授業中に気が散らないように、マナーモードにしてそこに並べて置くのが決まりだそうです」

なるほど。そしてスマホによるカンニングは予め封じられているわけか。

左右の長辺の壁を見る。右の壁には窓と出入口があった。

左の壁にも窓があり、その下に長机が二つほど置かれていて、机の上にはスチレンボードを小指の爪のサイズに切り出した小片が並んで立ててあった。本に見立てているようだ。

テーブル後ろの端には、高さ一センチほどの円筒。大型の花瓶を表しているという。

土生井は言った。「彼らは独自に、それぞれの科目について特に得意な生徒を一人選び、正答担当者にしているようです。お互いにどうやら渾名《あだな》・コードネームで呼んでいるらしくて、国語が得意な生徒は〝ブンゴー〟、算数が得意な生徒は〝ソロバン〟、理科が得意な生徒は〝ハカセ〟、社会が得意な生徒は〝チャック〟らしいです」

私は噴き出した。「社会に関しては、他に何か無かったんですかね……」

さすがは小学生のセンスだ。

土生井もシシシと苦笑して続けた。「しかもそれらは得意科目を示しているだけでなく、符牒《ふちょう》にもなっていて、授業中や試験中に指示を出し合う時にも使うらしいです。例えば、カンニング作業――方法はわかりませんが――をしている生徒に馬場先生が近付きそうになると、誰かが彼の渾名を小さく呼んで注意を促すとかね」

「小六にしては巧妙ですね。しかし馬場先生もさすがにそこまでは気付いているわけだ。――生徒はあと三人いるから、科目以外に由来する渾名もあるんでしょうね」

土生井は頷いた。「そこまでは訊かなかったですが、たぶんね。――正答担当者らが早々に答えを出して何らかの手段で他の生徒に伝達する。まあ、一科目で二回か三回に分けてやるんでしょう。それをお互いにやり合う。ギブ&テイクというわけです」

「得意科目の無い子は何をギブするんですかね」

「まあ……何か物品か肉体労働でしょうな」

私は苦笑した。「世知辛い」

4

土生井は菓子を嚙《か》み砕いた。

「それで――もう目星はついているんでしょう?」と、私は訊いた。

土生井は嚥下《えんげ》しながら両の掌《てのひら》を天井に向け、言った。「それが……さっぱりでね」

「土生井さんにしては珍しいですね」

「かいかぶり過ぎっすよ」

そんなことはない。とはいえ彼にもお手上げな問題があることに驚いた。

土生井は続けた。「昔ながらの方法としてはカンニングペーパーなんでしょうが、この場合、その場で書いて回覧する必要がある。そこまでやれたとして、どう証拠隠滅するか」

「何も出てこなかったんですね」

土生井は頷いた。「机は会議に使うような折り畳み式の長テーブルなので、天板も薄いし隠す場所は無いです。裏面に貼り付けてもいなかった。各人の服を疑った馬場先生は、生徒に隠し場所の少ない体操着で来てもらって試験を行なったこともあったそうですが、それでもカンニングは防げませんでした」

「身体検査は――きょうび、さすがに無理でしょうね」

「そうなんですが、生徒たちが自主的に脱いで見せたことがあったそうですよ。馬場先生が慌てて止めても聞かなかったらしく」

「第三者に見られたら大ごとだ。――まさか女子は？」

「そこはご心配なく。たまたまですが、この塾に女子はいないです。塾が出来てすぐ、元々仲良しグループの男子たちが誘い合って一斉に入ったそうで、すぐ定員になったといいます。正確には定員六名のところ無理を言って七名になったらしいですな。塾の名前が〈馬場同志塾〉だから、ぼくは勝手に〝ＢＤ７〟と呼んでますよ」そこで土生井はまたシシシと笑った。

笑いの意味は解《わか》らなかったが、私はひとまず安堵《あんど》した。

「口の中も見せたんでしょうね」

「もちろん。しかし全員が早食いの達人であっと言う間に食べてしまった……なんてこともないです。そもそも授業中の飲食は学校と同じで禁止だから、モグモグしてたらすぐバレます」

自分が小学生の頃も確かに飲食はできなかった。ガムも厳禁だ。食べたのではないかと訊こうとして先手を取られた。

「……ですよね」

「ついでに言えば、マスクで隠していたということもないそうです」

「そこは真っ先に調べたんでしょうね」

土生井は頷き、お茶を飲んだ。

私は模型に目を戻した。「窓が多いようですが」

「ビルの一室ではなく、プレハブ造りですからね。ただ、冬場だから当然、窓は閉め切ったまま。カンニングペーパーを捨てようとして開けたらすぐわかります。左の壁際のテーブルに置かれた辞書の間にも挟まれていなかったし、もちろん花瓶からも見つからなかった。そもそも席を立たないと近付けません」

あのスチレンボードの小片はやはり本――辞書だったようだ。私は持参の菓子を口に放り込んで糖分を補給し、さらに頭を絞った。

「試験中、その馬場先生は見回ったりしているんですか」

「そうしてると言ってました。監視の意味もありますが、質問に応じたりもしているようです。もちろん、答えを導くような質問は御法度ですがね」

「そうしたら、馬場先生の背中に貼り付けるという案はどうでしょう。回覧する手間も省けます」

「なるほど……しかし馬場先生の背中に貼る時にバレるリスクが高いですねえ。たとえうまくいったとしても、後で回収する時にまたバレる可能性があるし、放置したらしたでそのうち取れた時にバレる。そもそも、全員が確実に回覧できる保証はありません」

「ううむ、確かに。回覧してなおかつバレにくい物なら——昔、少年雑誌に載っていたのを見たんですが、答えを書いた細い紙を鉛筆に螺旋状《らせんじょう》に巻いて回覧するとか。表側を鉛筆と同じ色に塗れば一見してただの鉛筆に見える。——または、消しゴムの中をくり貫《ぬ》いて隠す……」

「全員の持ち物検査をしたこともあったらしいですが、そういった怪しい物は一切見つからなかったそうです」

とにかく物的証拠が無い。つまり、物ではないということなのか……。

「では、〝ツートントン〟というアレはどうですか。筆記する音に紛れる」

「モールス信号っすね。それはぼくも考えましたが、マークシート方式の解答のようにシンプルではないから、相当に手間ヒマかかりますよ。それにモールス信号は想像したより音が目立つんです。実は馬場先生と実験してみたんですが、違和感があってすぐ気が付いたようです」

さすがは土生井、大抵のことは既に検証済みのようだ。

私は両手を上げた。「にわか探偵は降参です……」

「いやいや。この短時間でこれだけの仮説を並べられるとは、さすがは電脳先生だ。――また何か思い付いたら是非ご教示ください」

「そうですか」

土生井に言われると満更でもないし、ここまで聞くとやはり真相を追い掛けたくなる。帰ってゆっくり考えようと思い、私は断りを入れてからスマホカメラでジオラマの写真を何点か撮った。

「それにしても」と、私は言った。「動機は何でしょう。個人経営の小さな学習塾で、不正までして高得点を、しかも全員が獲ろうとするような動機とは」

「……確かにそこが不思議なんですよ。その塾だけでしか通用しない成績なわけで」

私は頷いた。「全国模試で個人の順位が発表されるならまだしも――」

「そうではないですからねえ。単に町内での塾の評判を上げてやろうという殊勝な心掛けかも」

「あるいは逆に、ただ馬場先生を困らせてやろうということかも知れない。小学校の教員時代に叱られたりイビられたりして恨みを持っていたとか」

「いや」と、土生井は即座に否定した。「馬場先生は定年退職して今年で一〇年ちょっとだから、小六の生徒たちは習っていないはずですぜ」

「そうですか……では、お父さんお母さんの恨みを晴らすとか」

「親の仇《かたき》？　時代劇ですかい」と、土生井は嗤った。「――ぼくが知る限り、馬場先生は相当に心優しい人ですよ」

確かに、トイをタダで放出するくらいだから優しいのだろう。でも、それは年老いた現在の話である。

「昔は違っていたのかも知れませんよ。人は変わる」

「そうなのかなあ……」と、土生井は思案顔。

「とはいえ……」と、私も思案した。「やはりトイをもらっているのにカンニングをするとは、恩を仇《あだ》で返していることになります。そういう意味では子供たちもよくない。馬場先生に同情したくなります」

私は、顔も知らない年老いた教師がガックリと肩を落としている後ろ姿を、頭の中に思い描いた。

「いつもの正義心が頭をもたげてきましたか」

「いや、それほどでは……」私はうなじを撫《な》でた。

ふと窓の外が暗くなっているのに気付き、私は時計を見た。午後五時だった。ついつい長居をしてしまった。ここに来るといつも楽しくなって時間を忘れてしまうのだ。

「そろそろお暇《いとま》します。——何か思いついたらお知らせしますが、決して期待は持たれないよう」と、私は言った。

「いや、期待してますよ」

「紙器のご確認、それと〝紙もの〟、ありがとうございました」

私は土生井宅を出ると、一層冷え込んだ外気の中、高尾駅への道を辿《たど》り始めた。

5

出版社に限らないが、火曜日に部内会議をする会社は多いのではないか。月曜日は、前の週に片付けられなかった残務の処理に時間を取られたり、休日中に勃発して保留となってしまった問題に急遽《きゅうきょ》対処しなくてはならない場合があるからだろう。

火曜日午前中の会議での決定事項が各取引先に通達され、すぐに午後の打合せとなる運びもまた多い。

中堅総合出版社の〈竹井《たけい》書店〉も同じで、その午後、私は新橋《しんばし》の本社に呼ばれた。小さな紙商には実にありがたいことである。

二階の応接フロアの無人受付で内線電話を掛け、資材担当者を呼び出した。〝資材〟とは、出版においては印刷用紙のことを指す。担当者はどの本にどの銘柄の紙を使うかを判断し、いつどれだけの量を我々紙屋に発注するかを決め、そして代金を払ってくれる。

アルバイトと思しき若者が電話を取り次いでくれ、五分ほど待つことになった。

今は個人で〈渡部紙鑑定事務所〉を名乗っているのでいいが、前職の〈自然堂紙パルプ商会〉社員だった頃は、アルバイト君が電話越しに「ええと、ナントカ紙パルプの方がいらっしゃいました」と取り次いでいる声が聴こえてきて、苦笑したことがよくあった。

普通、出版社には紙商が複数社出入りしており、社名はたいていナントカ紙パルプ、なので、ほとんど取り次いでいないに等しいのだ。

待合スペースには自社出版物が並ぶ見本棚と白いベンチが置かれていた。先客が三人ほど座っていたが、そのうち一人は同業者だった。

ゴルフ焼けした顔にクルーカット、〈帝国《ていこく》紙パルプ商事〉の井上《いのうえ》だ。気さくで人当たりがよい。体育会系の典型的な〝陽キャ〟だ。私より一つか二つ歳上だったはず。

出版各社で同業他社の営業マンと出くわすことは多い。その際に紙業界の情報交換をしたり、世間話をしたりする。待合室は紙屋の主たる社交場でもあると言っていい。

「よう、紙鑑定士！　調子はどう？」と、井上の大声が飛んできた。

私は周囲に目をやりながら言った。「あんまりからかわないでくださいよ」

「だって、自分でそう名乗ってるんだろ」と、井上はニヤニヤしている。

「そうですが、同業者に言われると恥ずかしい」

〝紙鑑定士〟は正式な資格や職業ではない。いわば屋号である。

ただし、私は〈日本《にほん》洋紙《ようし》板紙《いたがみ》卸《おろし》商業組合〉が認定する〝紙営業士〟の資格を取得している。紙商が皆持っているというわけではないので、その点は胸を張っていられるのだ。

「ところでアレ見た？　『ＫＡＭＩ‐ＺＩＮＥ』の懸賞クイズ」

あのクイズには井上も注目しているようだ。

「見ました」

「挑戦するの？」

「したいもんですね。しかしまだ解けそうにないです」

「だよなあ。俺はチンプンカンプンだわ。――どうよ、一緒に考えない？　賞金山分けしようや」

私は答えた。「井上さんと一緒に考えると何かメリットはあるんですか」

「メリットと言われたら……メリット・マッカーシーしか思いつかないわな」

「誰ですか、それ」

井上はガハハと笑ってさっさと話を切り上げた。いつもながら内容の無い会話が得意である。これもまた営業スキルの一つではあるのだが。

直後、井上は資材担当者の一人に呼ばれて個室へと消えていった。

それから間もなく、私も個室で雑誌局第二編集部の小林《こばやし》編集長と部員の水野《みずの》を前にしていた。

この会社では各編集部に制作進行兼資材担当者がいるのだ。小林は五十代半ばの小太りで銀縁メガネ、白ワイシャツにジーンズ姿。長身痩軀《そうく》の水野は三十代で緑のタートルネックにコールテンのズボン。

今日は男児向け雑誌『ボーイズ・デイ』の付録についての相談だった。同社には女児向けの姉妹誌『ガールズ・デイ』というものもあるが、今回はお呼びでないようだ。

水野が言った。「急ですみません。電話でお話ししたとおり『ボーイズ・デイ』三月末発売号に冊子付録を付けることになったので、スポットでお願いしたいと思いまして」

〝スポット〟というのは、定期的ではなく単発の取引のことだ。

当然、『ボーイズ・デイ』のような月刊誌は既にフィックスしている紙商がある。定期刊行物で部数も一定しているとなれば、メインの本文紙が絶えず一定量必要だ。その供給を任せてもらう代わりに、単価を勉強した〝特値〟を設定しているのだ。よほどのことがないと変動は無い。

一方、不定期な付録に関しては、他社が入り込む余地がある。そういう取り決めになっているのだ。持ちつ持たれつである。

「いや、ありがたいことで。うちはスポット頼りですので、なんなりと……」

小林が口を開いた。「〝進級・進学お祝い号〟ということでね。新年度らしい何かで、時間も無いから手っ取り早く作れるものがいいんだけど。どんな冊子付録がいいだろうね」

「すぐに思い付くのはこんなところですかね」と言って、私はカバンからサンプルを次々と取り出した。

卓上カレンダーを三種、計画表兼ダイアリーを二種。あとは手帳のサンプルとして一般的なビジネス手帳三種と、先日、土生井から譲り受けた『シルバー仮面手帳』も置いてみた。古い物だが、五十代の小林へのアピールのつもりだった。

まず小林はカレンダーに手を伸ばした。「四月からのいわゆる〝新年度カレンダー〟ね。まあ定番か。キャラクターの絵を使わないとバリューが無いなあ。でも版権料がかかるからねえ。複数キャラとなるとこれがまた……」

「そうですねえ」

次に小林は手帳の束を崩した。「お、懐かしいなあ、『シルバー仮面』か。僕も昔、色々集めたよ。このショウワノートのシリーズは確か他に『帰ってきたウルトラマン』や『ミラーマン』『スペクトルマン』もあったはずだよ。当時はテレビCMまでやってたなあ。たかだか手帳にCMだよ」

「さすが、お詳しい」

「世代だからね。まだうちの納戸《なんど》にも残っているんじゃないかな。当時の〝学年誌〟も捨てられなくてね。だからこんな仕事をしているわけで」

〝学年誌〟というのは学年別学習雑誌のことだ。こちらも付録が有名である。

私は訊いた。「ご実家にお住まいなんですか」

「うん、長男なもんでね。松戸《まつど》だから普通に通勤できるんだよ」

「それはそれは」

「しかし手帳はいいねえ」と言いながら、小林が中を見る。「おお、記憶していたより文字や図版が多いね」

水野が口を挟んだ。「うちの場合、手帳をやるなら印刷部分はもっと限定的な方がいいですね、コスト的に」

「本文《ほんもん》は薄くても裏抜けしない薄葉紙《うすようし》の手帳用紙――例えば日本製紙《にっぽん》パピリアの〈オーク手帳用紙〉とか、紙屋手帳にも使われている王子《おうじ》エフテックスの〈ビューコロナ手帳用紙〉なんかがいいと思いますね」と、私は言った。

「せっかくですが」と、水野は言った。「やはりコストの関係で一般的な紙がいいんですが……」

私は頷いた。「でしたら、書き込む前提だから非塗工紙ということになりますね。コート紙だと鉛筆が乗りません」

〝コート紙〟つまり塗工紙とは、印刷の乗りをよくし発色を増すために原紙の表面に塗料を塗ったものだ。化粧におけるファンデーションのような意味がある。しかし表面が滑らか過ぎて鉛筆の黒鉛は定着しにくい。だからこの場合、塗工をしない〝非塗工紙〟が向いているということになる。

一般に非塗工紙が使われるのは、手帳やノート類、ＰＰＣ（コピー）用紙や、そこまで印面に拘らない書籍、コミック雑誌・単行本などだ。品質表記は単純に〝上質紙〟〝中質紙〟などと書く。

「そうですね」と、水野。

私は続けた。「銘柄は〈ＯＫプリンス上質〉〈ｎｐｉ上質〉〈金菱〉〈ユトリロ上質〉〈キンマリＳＷ〉〈雷鳥上質〉等々、色々あります。サイズはＡ６判変形でしょうか。本文のページ数はどのくらいですか」

水野はメモを取っていた。

小林が答える。「うーん、二〇〇ページくらいかな……」

「Ａ判半裁で一六面付け三二ページだから――六折で一九二ページですか。うち、半分の三折だけ罫線《けいせん》を印刷してあとは白紙にするとか」と、水野。

〝半裁〟とは文字通り原紙を半分に断裁したものだ。小さい判型の本などに使い、印刷機も小型になる。また、大きなサイズのままだと紙の膨張や変形が生じる場合があるので、精密な印刷には半裁や四裁が向いている。

「表紙は板紙ですね」と、私。

「あと、ビニパスみたいにビニールカバーを掛けると豪華な感じが出るんだよなあ」

「確かに。カバーを掛けるなら表紙の紙厚は少し落とせますね。米坪《べいつぼ》を下げて若干コストダウンして、その分他に回せるでしょう」

〝米坪〟とは、紙一平米当たりの重量のことである。〝坪量〟と呼ぶこともある。銘柄ごとに、原料の量の増減で何パターンかの米坪の商品があり、紙厚もそれに比例する。紙の値段は重量と銘柄単価の掛け合わせで決まるので、米坪の上下が値段の上下となるのだ。

水野が同意した。「ビニールカバーの部材は別途、印刷所に確認します。カバー掛けの作業を読者に委ねてアソートすれば、若干工賃も浮きますね」

「なるほどね」と、小林。

「では、手帳という方向で?」と、私は確認した。

「いいと思うよ。が、構成内容はもう少し考える必要があるなあ。今のところただ平凡なだけでパンチが足りない。何か一つ特徴が欲しいところだね」

「そうですね……」

「使用紙の銘柄候補はこちらでちょっと考えて、早めにお知らせします」と、水野。

「承知しました。こちらもパンチの利いた特徴について検討してみます」と、私は答えた。

その後しばらく雑談をし、打合せを終えた。

私はサンプルをカバンに戻すと、礼を言って席を立った。

6

銀座線と丸ノ内線を乗り継いで新宿まで戻る。

地下鉄に揺られながら、頭の中では先ほどの『ボーイズ・デイ』の付録手帳のこと、『ＫＡＭＩ‐ＺＩＮＥ』の懸賞クイズのこと、それと少しだけ西八王子の塾のことを考えたが、特に何か新たに閃《ひらめ》くようなことはなかった。

駅から徒歩で事務所に戻る途中、ふと思い立って西口地下通路の書店に立ち寄った。クイズの手掛かりのため、イプセンの『人形の家』を入手しようと思ったのだ。

検索機で〈カドクラ出版〉の単行本を探したが〝店頭在庫なし〟と出た。いくつかヒットした文庫版はいずれも在庫があったので、〈早春《そうしゅん》文庫〉のものを買った。

午後三時に事務所に戻り、持参したサンプルを所定の位置に戻し、ＰＣでメールのチェックと返信を済ませると、暇になってしまった。

サーバーからホットコーヒーを取ってくると、カバンに入れっぱなしだった『人形の家』を取り出し、ソファで読み始めた。

〈早春文庫〉は老舗《しにせ》なので本文用紙は知っていた。赤味の強い中質紙ベースの〈ｎｐ

i早春文庫用紙90〉である。

　このように文庫の本文紙銘柄はたいてい「文庫名＋用紙」で命名されている。その文庫専用に開発された紙の場合と、既存の銘柄を使っているが秘匿している場合とがある。頭の〝npi〟は〈日本製紙〉の略号で、同社で抄造されていることを示している。お尻の〝90〟はこの場合、紙厚を示しており、実測の数字は八九ミクロンと聞いている。宮城県の同社石巻《いしのまき》工場で作られたものだ。

　もっとも、最近はこうした各社特色のある文庫用紙も効率化と経済性見直しのため次第に銘柄が減ってきている。版元を跨《また》いだ共通用紙に統合されつつあるのだ。材料原価率と保管コストの軽減ができ、また在庫確保も確実だからである。

　さて、本文をめくる。戯曲とはつまり演劇台本である。登場人物一覧から始まり、ヒロインの家の居間という設定の舞台セットの細かな説明が入り、あとは人物名とそのセリフがひたすら連続していく。短いので、集中したら一時間余りで読了してしまった。

　ミステリーやホラーではないので凶悪事件は起きないが、思いの外《ほか》サスペンスフルで驚いた。そしてキッパリとした結末。前時代的な言い回しが逆に新鮮だ。

　テーマは〝女性の自立〟らしいが、少し主語を大きくして〝個人の自立〟と言い換えてもいいようである。

　さて、本作に〝密室〟はあるのか。

舞台の居間のドアには鍵が付いていて、頻繁に施錠・解錠が行なわれているが、密室とは言い難い。セットとして見れば隙間だらけだし、なにより観客側に開放されている。

タイトルの意味は、ヒロインが夫から人形のように愛玩され、自主性がないがしろにされているので、そんな家から脱出してしまえ、ということらしい。結果的に堂々と玄関から出て行くので、内容的にも密室ではない。

ここまでは指定の〈カドクラ出版〉の単行本であっても同じだろう。ただ、装丁を確認するまで結論は出せない。

終業時間が過ぎたので、再度のメールチェックを済ませると、トランプの箱だけ持ち、戸締りをして事務所を出た。


再び新宿駅に戻り、駅中の不動産屋で〈レオポンズマンション〉のチラシを探す。『KAMI‐ZINE』に載ったものと同じ内容のものはすぐに見つかった。

京王線に乗り、車内でチラシを開く。指先でパチンパチンと弾いて紙厚と紙腰を確かめると、隣の乗客が何事かと振り向いた。

たぶん使用紙はセミ上質ベースの微塗工紙。〝微塗工紙〟とは、表裏両面で塗料が二〇グラム平米以下のものをいう。

微塗工紙ではあるのだが、薄くて光沢が強いのでスーパー品だ。〝スーパー〟とはスーパーカレンダーの略である。暦のカレンダーと区別するためキャレンダーと呼ぶ人もいる。抄造工程の中で加熱したロールを紙に強く当ててアイロン掛けする装置のことで、表面が平滑になってツヤが増すのである。ただし紙厚は薄くなる。

逆にスーパーカレンダーをかけていないものは〝ノースーパー〟と呼ばれ、紙厚が確保されている。

白地部分はマットではなくグロスだから銘柄は王子製紙の〈OKマーノス〉系か、日本製紙の〈オーロラS〉系か。または大王《だいおう》製紙の〈エクセルスーパーB〉か丸住《まるすみ》製紙の〈チェリー1S〉系か。

紙厚が五〇ミクロン以上の米坪品があるのと、不透明度が高いことから、恐らく〈オーロラS〉ではないか。

ひとまず紙面を眺めるが、マンションの外観写真や間取りが掲載されているばかりで、〝密室〟を思わせるものは何も無い。使用紙とも無関係のようだ。表裏ともにすぐに確認作業が終わってしまい、小さく畳んで懐に仕舞った。

最寄りというにはほど遠いつつじヶ丘《おか》駅で降り、コンビニ弁当を買って帰宅。夕飯を摂りながら、クイズと塾の問題を頭の中でぐるぐると回していた。

食後のコーヒーを飲み、トランプを弄る。考え事をする時の私のクセだ。アーチ形にして混ぜる〝リフルシャッフル〟、上から滝のように落とす〝カスケード〟。トランプが傷むと言う向きもあるが、別に私はプロではない。

終《しま》いにはトランプ投げまでやってしまう。引き戸の隙間を薄く開けて、そこを通すゲームを独りでやる。

最近はますますコントロールがよくなってきて、九割方は隣の部屋の洗濯かごに収めることができる。特に何の役に立つということも無いのだが。

無心に投げる。

投げる。

投げる？

そこで閃いた！

西八王子の塾の生徒は、カンニングペーパーをどこかへ投げたのではないか。

では、どこへ？

やたらな所へは投げられない。それに、かなりのコントロールが必要だ。私はスマホを取り出して、先日撮ったジオラマの画像を確認した。

教室の後ろ側はパーテーションが邪魔をしている。

教室の前に目を向ける。教卓の後ろの壁に四角い物がある。

エアコンだ。

消しゴムなどちょっとした重りを包んで、野球経験のあるような生徒が――もちろん先生の隙を突いて、なおかつエアコンの送風に気を付けながらだが――あの上に放り投げたら、案外隠せるのではないか。

人にもよるが、あまり頻繁に掃除をしない箇所だ。それが今のところ気付かれないままになっている、ということなのではないか。

私はLINEを開き、只今《ただいま》の推理を土生井とのトークルームに書き込んだ。待つ。

自室のエアコンの上に向かってトランプ投げを続け、十数枚を載せるのに成功して確信を得たところで、土生井から返信がきた。

〔それだ！〕〔ぼくはフィジカルなことは興味がイマイチなので盲点でした。さすが電脳先生！〕〔早速明日、馬場先生に確認してもらいます〕

どうやら土生井の支持も得られたようだ。私は返信した。

〔よろしくお願いします〕

これで一件落着したかも知れない。

私は満足し、風呂場に向かった。

7

翌日。事務所で昼食の弁当を広げていると、土生井からLINEがきた。

〔今朝、電話で馬場先生に伝えました。ズバリ、少年野球チームに所属している生徒が一人いて、しかも一番前の席なので、先生もなるほど！と思って久々にエアコンの上を掃除してみたそうなんですが……すみません、ゴツイ埃しか落ちてこなかったそうです。そこに何かが投げられて回収された形跡も無かったとのこと。残念！〕〔ぼくもてっきり解決できたと思ったんですがねえ…〕〔因《ちな》みに少年野球チームの生徒の渾名は「サード」でした〕〔でも、馬場先生も渡部さんの着眼点を褒めてましたよ〕〔また一緒に考えませう！〕

私の推理はハズレだったようだ。世の中そんなに甘くない。ただ、馬場先生にも褒められたのは救いだった。

返信する。

〔私も残念です〕〔引き続き考えます〕

スマホを置くと、今度は固定電話が鳴った。出ると、『ボーイズ・デイ』の資材担当、水野からだ。

「あれから小林が懐かしくなっちゃったらしくて、昨晩、自宅の納戸を捜索したそうなんですよ。そしたら昔の手帳が出てきて、それを見ながらまた打合せをしたいと言うんです。なんか色々会社に持ってきましたよ」そこで水野はククと苦笑した。「というわけでご面倒ですが、近々またご足労願えませんか」

私は答えた。「今日でも大丈夫ですが」

「よろしいですか⁉　では、午後イチでいかがでしょう」

「伺います」

私は大急ぎで昼食を摂り、事務所を飛び出した。

午後一時二分、私は〈竹井書店〉の応接フロアの個室にいた。

間もなく、小林編集長と水野がやって来た。小林は紙バッグを抱えている。

「昨日の今日ですみません」と、水野。

「いえいえ」

「早速だけど」と、小林が紙袋の中身をテーブルの上にぶちまけた。

そこには、いかにも古そうな手帳が山積みになっていた。黒と銀の市松模様や横縞《よこじま》模様が印刷されたビニールカバーに、カラフルなオビが巻かれている。オビに書かれているのが商品名のようだ。

私は端から読み上げた。「『サンスター スパイメモ』『サンスター スパイパック』『サンスター プロスパイノート』『スパイ ペンシンセット』ですか……」

「僕の全コレクションです。でもこれでシリーズとしては半分でね。この他に缶入りのやつとか、果てはアタッシェケースまであったなあ。そっちは高くてそもそも手が出なかったけどね。――知ってる?」

「いや、全く」

「自分も今日初めて見ましたよ」と、水野。

「だよねえ。皆、若いよなあ……」しみじみ言い、小林は遠い目をした。「――発売は一九七〇年前後で、僕は小学校に上がる少し前だった。当時はアメリカとソ連の冷戦構造が深刻化していて、そのせいか世は〝スパイブーム〟でね。映画館では『００７』シリーズ、テレビでは『スパイ大作戦』や『ナポレオン・ソロ』その他色々やっていたよ」

水野がすかさず突っ込む。「『００７』シリーズは今でも続いているじゃないですか。あと、トム・クルーズの『ミッション：インポッシブル』シリーズは『スパイ大作戦』のリブートだって聞きますよ」

「まあね」と、小林は言った。「でも当時の盛り上がりは現在の比じゃないぜ。だから子供たちは皆スパイごっこをして遊んでいた。これらがそのキーアイテムだったわけさ。今でいう成り切りグッズってやつ。スパイだから格好はそのままでいいわけ。でも懐にこれを忍ばせているだけでその気になれる。〝紙もの〟だからそれほど高価じゃないし。友達みんながそれぞれ持っていると、スパイ組織というか秘密結社感があるのさ」

「なるほど。――触っても？」と、私。

「どうぞどうぞ」

私はコワレモノでも触るように、恐る恐る分厚い『スパイパック』を手に取った。縞模様のカバーにはコウモリや鉤十字《かぎじゅうじ》といった不穏なマークがちりばめられていた。さながら危ないルイ・ヴィトンといった趣だ。そこにレンチキュラー印刷で絵の変わるバッジが付いている。

　カバーを開くとペン三本と小さな笛がホールドされていた。厚みの原因はこれだった。本体は板紙の表紙にこれまた不穏なマークが入っているリングノート。中にはアイテムの使用法などがイラスト入りで解説されていた。他にはシールやらカードやら小物がゾロゾロ。暗号表や例の〝モールス信号表〟まである。

「豪華ですね」

「うん。――ロゴの〝スパイ〟の部分が『スパイ大作戦』にクリソツでね。メインビジュアルの劇画タッチのイラストなんかも何かの映画ポスターの模写だったりね。ドイツ軍の危ないマークなんかも使いまくりでね。当時はいろいろ大らかだったからなあ」

「時代ですね」

　私の訳知り顔の相槌《あいづち》に頷き、小林は続けた。「あとバッジに〝SPY〟って大書してあったり、SPY団員証なんてあったりね。普通は身元を隠さないといけないのに。あと本文の解説ページのイラストが描き手不詳のヘタウマな絵で、そこだけは子供向けになっていてね。出版社の刊行物とは違う、駄菓子屋感覚のイカガワシサに親しみが持てるんだよなあ」

　小林の話を傾聴しながら〝スパイ手帳シリーズ〟を順に眺める。市松模様にドクロマークの『スパイメモ』のオビに、気になる文言が書かれていた。

「消える手帖《てちょう》――?」

「お、やっと気付いてくれたか」と、小林。

「何ですか」

小林が顎《あご》で「開け」と示したので、黙ってカバーを開く。中身はリングノートの本体、スパイ団員証、スパイ・シール、またも黄色いモールス信号表と、こちらはシンプルな内容だ。

〝消える手帖〟の謎を解くべく、劇画調のイラストが描かれた板紙の表紙を開く。本文をパラパラとめくった。

後半の薄口の紙に違和感があった。よく見ると「この紙は水につけるととけるよ！」と小さく印刷されている。本文前半にイラスト付きで説明が書かれていた。音読する。「しょうこにならぬよう、てきにしられないよう、よんだらすぐみずにすてる」

小林が被《かぶ》せるように言った。「そう！サンスターのスパイ手帳シリーズは〝水に溶ける紙〟がウリでね。全アイテムに付いていたんだよ。当時、もったいなくて使えなくてねえ。全部残してあるんだよ」

言われて他のアイテムを確認すると、どれも確かに本文の数ページは〝水に溶ける紙〟だった。

「本当ですね……」

「この紙って、今でもあるの？」

訊かれて素早く頭の中のデータベースを検索した。確かに、ある。

特定の機能を追求した〝機能紙〟に分類されるので、出版においてほぼ出番は無いが、もちろん、頭には入れてある。

「ええ、ありますよ。まんま、水に溶ける紙と書いて〝水溶紙《すいようし》〟といいます」

「水溶紙？　あるんだ」

「え、あるんですか」と、水野も驚く。

「紙を作る時にパルプ繊維を結合させるわけですが、要はその結合力を予め弱めておけばいいわけです。まあ、トイレットペーパーのもっと高性能な感じを想像してもらえれば」

「ああ、そういうことか」

「もちろん鉛筆やボールペンで文字も書けますし、印刷もできます」

カバンの中を探り、見本帳の束を掻き分けて、日本製紙パピリアの『機能紙総合見本帳』を取り出した。

ページをめくる。ヒートパック／ヒートロン・粘着テープ原紙・多目的紙・脂取紙・耐油紙・水筆用紙・オーパー、それらに並んで水溶紙はあった。

当該ページを出して小林に差し出す。

「本当だ。品名は――３０ＭＤＰ、６０ＭＤＰ‐Ｓ、１２０ＣＤ‐２、Ａ３０１５……難しいね」

「ＭＤＰは〝ＭＩＳＨＩＭＡ ＤＩＳＳＯＬＶＥ ＰＡＰＥＲ〟の略です。〝三島《みしま》〟は旧社名の〈三島製紙〉からきています」

「ふーん。しかし、どんな用途に使われるの？　まさかスパイ用とか」と言って、小林は悪戯《いたずら》っぽく笑った。

「そうですね……それこそ機密書類用とかメモ帳。あとは農業用の播種《はしゅ》シート・ラベル用紙・溶接用ダム紙・紙管・医療用の検査台紙。さらには海洋散骨袋とか流し灯籠《とうろう》とか」

「ああ、散骨袋と流し灯篭はわかるなあ。で、どのくらいの時間で溶けるんだろう」

　私は調べて言った。「最短で三五秒以内だそうです」

「三五秒！　けっこう速い。──使ってみたいな、水溶紙。この時代に手帳に付けたら画期的だ。きっとウケるぞ！」

「え、うちのは〝スパイ手帳〟とは違いますよ。いったい何用に付けるんですか」と、水野がまた突っ込む。

「そりゃあ、秘密連絡用さ。証拠を残さないためのね」

　秘密連絡用！

　その言葉にピンときた。

　西八王子の塾のカンニング方法がわかった！

　なぜ〝水に溶ける紙〟が話題に出てから今まで気が付かなかったのだろう。

仕事に集中していたのだから仕方がない。そうだ、今は仕事中なのだ。

水野が頭を抱えて言った。「いったい何の証拠ですか」

「まあいいじゃないか。男には隠しておきたいことがあるもんだ」

「そうかなあ……」小林の前時代的な物言いに顔を顰《しか》めながら、水野は言った。「もし使うとして、単価はどのくらいだろう。——どうですか、渡部さん」

カバンから単価表を取り出した。見ると、水溶紙はかなり高価だった。

私は言った。「通常の印刷用紙の一〇倍から二〇倍ですね……」

「高いわ……」と、小林。

「無理ですね……」と、水野。

室温が急に下がった気がした。どうやら〝無し〟のようだ。

「まあ、いいや……」小林は肩を落とし、すごすごとスパイ手帳を片付け始めた。

私は急いで言った。「あ、珍しいので写真だけ撮らせてもらってもいいですか」

「どうぞどうぞ」

私は礼を言い、スパイ手帳を並べ直した。スマホカメラで撮影する。丁寧に重ねると、小林の方へ戻す。

「では、本文は上質紙のみですか……」と、私は訊いた。

「そうですね。北越《ほくえつ》の〈キンマリSW〉にしようかと思ってます」と、水野は答えた。

「承知しました。表紙の板紙でしたら同社の〈ハイラッキー・F〉がお手頃です」

「いいですね」

「因みに、手帳の名前は決まっていますか」

「『ボーイズ・デイ手帳』、略して『ＢＤ手帳』だよ」と、小林は言った。

8

帰りの地下鉄に乗るや、私はスマホを取り出した。土生井にＬＩＮＥをする。
〔カンニングのカラクリがわかりました！〕〔「水溶紙」つまり「水に溶ける紙」が使われたのだと思われます。この紙に解答を書き、回覧した後に花瓶に投げ込んで証拠隠滅したのです〕〔花瓶はかなり大きめのようですので、花が挿してあっても口に余裕があるのではないでしょうか〕
さらに続ける。
〔思うに、この紙は往年のサンスター文具商品「スパイ手帳シリーズ」に綴じ込まれていた物ではないかと。馬場先生の息子さんの遺品の中にあった物が、きっと生徒たちの手に渡ったのだろうと思います。以下に画像を貼り付けますので、馬場先生に見てもらってください。実際にこの商品があったのかどうか〕
最後に付け加える。
〔なお、花瓶に投げ入れたのが誰かという問題は残りますね……〕

地下鉄が新宿駅に着く頃に、土生井から返信があった。
〔さすがは電脳先生もとい紙鑑定士さま！　お見それしました！〕〔「水溶紙」など素人《しろうと》には思いもよりません。ぼくもいい歳ですが、ギリギリ「スパイ手帳シリーズ」は通ってきていません。まだ生まれて間もない頃ですから〕〔なお花瓶は先生の奥さんが作った焼き物で、相当にでかいのです〕〔早速、馬場先生に確認を取ってみます〕
電車から降りると、一旦ベンチに腰を落ち着けた。返信する。
〔あまり褒めないでください。実はたまたま出版社のお客さんに「スパイ手帳」を見せてもらったことから閃いたので、推理というほどではないです。それに、いただいた「シルバー仮面手帳」がそもそものキッカケでしたから〕
すぐに土生井からも返ってきた。
〔いやいや、立派なものです。それに今回も「投げ込み」の推理がある。これに関しては渡部さんのオリジナルではないですか〕
それはたいした推理ではないし、大胆な〝投げ込み〟が本当にあったかどうかは蓋を開けてみなければわからない。だが、一応謝意を示しておく。
〔恐縮です〕
〔それにしても、下手人は誰でせうね〕
〝下手人〟ときた。確かにそこは水溶紙と同等の重要度なのだ。二つが揃わないと、このミッションはそれこそインポッシブルなのである。

〔野球チーム所属の「サード」君は一番前の席だそうですね〕
しばらく待つ。
〔そうなんです。馬場先生の隙を突き、後ろを振り返って投げ、しかも花が挿してある花瓶に入れるのは至難の業です。現実的ではありません。ベストポジションにいる別の誰か、コントロール抜群の投擲《とうてき》手が必要です〕
〔そう思います〕
〔他の野球経験者か、あるいは別の球技も視野に入れる必要があるかもしれない〕
私は急いで球技を思い浮かべて答えた。
〔バスケとかハンドボールとか〕
〔そんなところでしょうか〕
〔卓球やバドミントンのように道具か平手で打つという手段もあります。かなりコントロールのある人はいるようですし〕
〔そうらしいですね。ただ、少なくともツーアクションあるから目立つのでは？〕
その場でやってみた。通行人が振り向き、私は頭を掻いた。
〔本当ですね〕〔さて、どうやって現場を押さえましょう。隠し撮りは駄目なんでしたよね〕
〔はい。だけど、少なくとも証拠は確保したいですね〕
私は考えた。水溶紙だから水さえ無ければいい。長めに返信する。

〔ならば、花瓶の水を抜くのが一番手っ取り早いですね。代わりにリアルな造花を挿しておく。そうすれば証拠が残ります。ただ、造花とバレないようにするのがかなり重要なポイントだと思いますよ〕
〔ソレですね。リアルな造り物はぼくの得意分野なのでご心配無く。では、馬場先生に連絡を取ってみます〕
〔よろしくお願いします〕
今度こそという落着の予感に安堵すると、私はＬＩＮＥを閉じてベンチから立ち上がった。
そして地上へ向かう長い長いエスカレーターに乗った。

9

「シチューを作り過ぎたので食べに来ませんか」

白い息を吐きながら枯れ木ばかりの新宿中央公園を突っ切っていると、不意にそんな電話がスマホに掛かってきた。相手はフィギュア原型師の團文彌《だんふみね》だった。

以前、いくつかの事件で協力してくれた二十代後半の男である。フィギュア商品の基になる〝原型〟を石粉粘土で制作することを生業としており、私と同じく西新宿で活動している。

「突然ですね」と、私は返した。「——いや、ご無沙汰でした」

「すみません。お忙しいですか」と、すまなそうな様子もなく團は言った。

つまり、時ならず夕飯をご馳走《ちそう》してくれるということか。一食分が浮くのは素直にありがたい。

私は答えた。「いや、今は一仕事終えて事務所に戻るところです。定時まで片付け仕事がありますが、その後はフリーです。お言葉に甘えてもいいですか」

「イエス！　じゃあ、五時半頃に家で待ってます。何も買ってこなくていいですからね」


二時間後、私は團の工房にいた。古い日本家屋の四部屋の襖《ふすま》をぶち抜き、土足可のフローリングになっている。

短髪に長身痩軀の彼は、たっぷりした黒のパーカーにカーゴパンツで出迎えた。傍らの作業台のロクロの上にはいつもながら白い塊。

「何か新しい作品を作っているんですか」

「イエス。ただし商品原型ではなく個人的な作品で、イベント販売用です。——実は先日、古本屋で石原豪人《いしはらごうじん》の画集を見つけたんです。そこからのインスパイアです」

「石原……ごうじん？」

「昭和を代表する挿絵画家の一人でね。江戸川乱歩の『魔法人形』を始め、怪奇色の強いリアルな絵を多く描いた人です」

江戸川乱歩に魔法人形――何やら暗示的だ。

團は続けた。「で、画集の中に〝おっぱいおばけ〟というのが出てきたんですが、名前に反して全然おっぱい度が足らん！と思いまして。おっぱい増量したのがこのフィギュアなんです」

私は白い塊をまじまじと見た。

髪の長い不気味な女が両腕を前に掲げて鋭い爪を突き出している。その身体《からだ》がとにかく凄《すご》い。頭の先から足の先まで全身おっぱいだらけだ。大小様々な乳房が無数に貼り付いている。自分なら二つ作るだけでも大変だと思うが、團は苦も無くこなしていた。

画集の絵とはかけ離れていた。インスパイアもここまで行けば、立派な本歌取りと言えるだろう。

「いや、いい物を見させていただきました」

部屋の奥の飲食スペースに移動する。小さな丸テーブルの上にはシンプルな白い皿が二つ、赤ワインのボトルが一本、グラスが二個、切り分けられたバゲットの籠、調味料。骨董品《こっとうひん》のような石油ストーブの上には大きな古いシチュー鍋。小さく湯気が上がっている。

壁のデンマーク製コンポ〈バング&オルフセン〉からはいつものようにジャズが流

れていた。聴き覚えのある女性ヴォーカルだ。その前の丸テーブルには儀式のようにCDケースが置かれていた。ジャケットを読むと〝Monica Borrfors Slowfox〟とある。これにも記憶があった。

「いつ聴いてもいい曲ですね」と、私は言った。

「イエス。このなんとも知れん寒々しくも清々《すがすが》しい感じが、むしろ夏よりも冬場にピッタリなんですよね。北欧の人だからかな」

「北欧……」

ふと、頭の中で連想が始まった。北欧↓ノルウェー↓イプセン……。

（人形の家……）

「人形の家？　うちのことですか」と、團は言った。

「私、そんなこと言いました？」

「ええ、たった今」

また心の声が漏れてしまっていたらしい。

そういえば團の家はまさしく〝人形の家〟だった。制作中の粘土原型や過去に作ったフィギュアの数々が所狭しと並んでいる。

「いや……こちらのことです」

「そうですか」会話を切り、團は鍋からシチューをよそう。「――では頂きますか」

「寒い日にはありがたい」

皿を受け取ると、今度はグラスにワインが注《つ》がれた。乾杯をし、晩餐《ばんさん》が始まった。

團が昨晩から仕込んだというクリームシチューは、大きなジャガイモにもすっかり味が沁《し》み込んで絶品だった。濃いめの味付けがバゲットとワインによく合っていた。海外好きな團らしいシンプルな冬の夕食である。

「胡椒《こしょう》とタバスコを同時に入れて味変《へん》しても旨《うま》いですよ」と、團。

試してみると確かにそのとおりだった。食が進む。

團が話題を戻した。「――〝人形の家〟と言えば『横浜人形の家』ですが、ボクも企画展に参加したことがあったなあ……」

「へえ」

「あそこは常設展も素晴らしいです。世界の人形はもちろん、平田郷陽《ひらたごうよう》とか恋月姫《こいつきひめ》とかね」

「行ったことはないですね」

「いい所ですよ。近くの外国人墓地の方の丘の上には有名な『ブリキのおもちゃ博物館』もあるし」

ブリキのおもちゃ？　もしかしたら馬場先生の息子の遺品を買い取ってくれるのではないか。土生井に伝えた方がいいかも知れない。すぐに紙屋手帳にメモをした。

ふと、團が立ち上がってCDラックの方へ行った。ケースを一つ抜くと、バング＆オルフセンを操作して円盤を入れ替えた。

日本人女性ヴォーカルの昭和っぽい歌謡曲が流れ出した。ジャケットを見せてもらう。赤いノースリーブ姿の女性が写っていた。『弘田三枝子《ひろたみえこ》ゴールデン☆ベスト～人形の家～』とある。確かにいつかどこかで聴いたことがあった。

「これもまた〝人形の家〟か……」

「一九六九年のヒット曲。懐かしくていい曲ですよね」

二十代の團が懐かしさを訴えるのは可笑しかった。どうも彼にはそういうところがある。

團は続けた。「なかにし礼《れい》さんの作詞ですね。悲恋の歌のように聴こえますが、戦後、なかにしさんが満州から引き揚げる時の心情を歌ったそうです。慕った相手に、顔も見たくないほど嫌われるという状況は、国に見捨てられそうになった在外の日本人の気持ちを表しているんだそうです」

私はたまげた。相変わらず妙な知識を持っている。

「よく知ってますね」

「イエス。実は、ボクの知合いの遠い親戚が作曲家の芥川也寸志《あくたがわやすし》さんと同じ学校の同級生で、軍楽隊でも一緒だったんですが、その芥川さんとなかにしさんがＮＨＫの番組で共演していたという繋《つな》がりで興味を持ったんです」

遠大な繋がりである。それにしても團という男は何者なのだ。家族構成もよくわからない。

私のグラスにワインが追加された。

「シチューのお代わりもできますよ」

「ありがとう」

しかし〝顔も見たくないほど〟——か。イプセンの方の結末も、ヒロインが夫に対してそんな心境になっていた。その辺にクイズのヒントが隠されているのだろうか。

團に訊いてみる。少しくらいならいいだろう。

「ときに、イプセンの『人形の家』は読んでいますか」

「小説ですか」

知らなかったらしい。

「戯曲です。芝居台本みたいなものです」

「いやあ、ボクは文字だけの物が苦手なんでね。絵が無いとどうにも頭に入ってこないんですよ」

そういえば、以前にそんなようなことを言っていたかも知れない。いや、言ってはいなかったか。

「それなら、何度か映画化されているようです。もちろん舞台もあるし」

「そうですか。でしたら機会があれば観てみますね。——因みに、どんな人形が出てくるんですか」

「いえ、本当の意味での人形は出てきません。人を人形に喩えているだけです」

「ああ……それなら、なかにしさんの歌詞と同じですね」

確かに〝人形のように都合よく扱われた人間〟という意味では共通している。つまり、人が人扱いされていないということか。

そこに〝密室〟が発生する余地があるのかも知れない。だが、どうやって？

いけない。歌のせいで考えが深刻になってしまったようだ。出題は〝頓智で〟ということだったはず。

そもそも〝人形の家〟がシリアスな要素を含み過ぎなのだ。ということは、クイズの答えを導くのに本の内容は関係無いのかも知れない。

ひとまずそんな感触を得ただけで、この晩餐に意味があったとしよう。

いつの間にか、曲がポップなものに替わっていた。

いけない。團との食事にうっかり意味を求めてしまった。今日は純粋に料理の味を楽しむべきだろう。

「すみません、シチューのお代わりをください」

「イエス、喜んで！」

10

土曜日。モスグリーンのダッフルコートを着た私は八王子にいた。

午前十一時に京王八王子駅で降り、徒歩五分の所にあるＪＲ八王子駅へ移動。北口のペデストリアンデッキで待っていると、駅から青いダウンジャケットを着た土生井が出てきた。

彼と一緒に歩いているのは、長めの白髪を真ん中分けにした小柄な老人だ。西八王子の〈馬場同志塾〉の馬場である。鼠《ねずみ》色のウールのコートを着て、肩に茶色い革のショルダーバッグを掛けている。いかにも教師然とした佇《たたず》まいだ。

馬場は〝カンニング事件〟の経過を私に直接伝え、感謝の弁を述べたいというのだ。当初、私の地元の三鷹《みたか》まで来てくれるとの申し出だったが、私が常々八王子市内のある店を再訪したいと思っていたので、今日はこちらから出向いてきたのである。

「初めまして」と、馬場は言った。

「どうも」

私たちは名刺交換をし、延長されたペデストリアンデッキを西に歩き出した。

「すぐ近くですよ」と、私は言った。

市外の人間が市民を案内するのも妙な格好だが、店には私以外は行ったことが無いらしい。新しいエスカレーターを降り、西放射線《にしほうしゃせん》通りをさらに西へ。

「そういえば」と、私は言った。「塾の方は今日はお休みですか」

土日は書き入れ時のはずだ。

「ええ。今日は生徒全員から欠席届が出ていたんですよ。それで、自然に休講になりました」と、なぜか馬場は愉快そうに言った。

先生も休講は嬉しいのだろうか。

だが、私の方は頭から脂汗が噴き出すのを感じた。

「まさか、ボイコット……」

「いえ、そんなことではありません。どうぞご心配無く」

「そうですか……」

行列が連なる饅頭屋《まんじゅう》のある交差点を左に入ると、盛大に蔦《つた》の絡まる店舗が現れた。

看板には〈Ｓｈｅｒｌｏｃｋ　Ｈｏｌｍｅｓ〉とある。

以前、私の依頼人だった曲野《まがの》晴子――現・土生井夫人だが――と入った思い出深い店だ。短時間のうちに気持ちが一八〇度変わるという稀有《けう》な経験をした場所でもある。

また、休日に本格的イングリッシュ・パブで〝昼飲み〟をしたいという念願もあった。

その名の通り、かの名探偵シャーロック・ホームズに因んだコンセプトのパブで、酒棚にはホームズの彫像が置かれていたり、壁に小説の挿絵が掛けてあったりと装飾も凝っているが、決して押し付けがましいわけではない。

一階の四人席に案内され、二人を奥側のソファに座らせた。私はジェムソンのストレートを、二人はギネスビールを頼んだ。ツマミに伝統のフィッシュ＆チップス。

「この度は色々とお骨折りいただき、ありがとうございました」と、馬場が改めて頭を下げた。

「いえいえ、たいしたことはしていません」

「渡部さんのご指摘のとおり、『スパイ手帳シリーズ』は生徒たちに放出した覚えがあります」と言って、馬場はショルダーバッグの中を探った。「うちにこれが一冊残っていました」

テーブルに置かれたのは青と銀の市松模様のビニールカバーで、オビに『科学時代の？秘密兵器 サンスター新スパイメモ』とある。竹井書店の小林のコレクションに無かったものだ。

馬場が中を開いて見せた。「〝水に溶ける紙〟、確かに入っていました。試しに一枚使ってみましたが、本当にすぐ溶けましたよ！」

「まさに〝水溶紙〟ですね」

「どうぞ、差し上げますので」と、馬場が手帳をこちらに寄越した。

礼を言ってありがたく受け取る。小林に進呈すればきっと喜ぶだろう。

「――その後、首尾の方はどうなりましたか」と、土生井が引き継いだ。

「ご指示どおり、試験の日に花瓶の水を抜いて、土生井さんにいただいた造花を挿しておきました。そしたら出てきましたよ、こんなに」と言って、馬場がショルダーバッグに手を入れた。

その手からテーブルの上にこぼれ落ちたのは、クサビ型に捩《よじ》られた紙の束だった。

目を凝らすと、先端がこより状になり、後端がスカートのようにやや開いている。

「見ても？」

「どうぞ」

私は一つを摘《つ》まみ上げ、捩られた紙を丁寧に開いていった。サイズはA6判変形で頼り無げな薄口の紙だ。見るからに〝水溶紙〟である。しかも飛び切り古い。

裏表には細かな文字が鉛筆でビッシリと書き込まれていた。どうやら理科のテストの答案のようだった。明らかな証拠である。

「これを花瓶に投げ入れていたわけですね」

「そうです」

その時、三人の飲み物がきたので、水溶紙を濡《ぬ》らさないようにと馬場はカバンに戻した。

「投げたのは、花瓶に近い一番後ろの独り席の生徒ではないですか」

「その通りです。彼の渾名は――」

「いや、当てましょう」と、私は言った。「〝ダーツ〟君ではないですか」

馬場が笑った。「ご名答」

「さすがです」と、土生井が小さく手を叩《たた》いた。

私は照れて昭和の作法で頭を掻いた。

馬場が続けた。「ダーツ君は、通っている学校に昨年新設された課外クラブのダーツ部に所属していました。市の大会の小学生の部で優勝したこともあるらしいです。お恥ずかしいことに、私は全然知りませんでしたが……」

土生井がまとめた。「各担当者がその場で作った科目ごとのカンニングペーパーを皆で回覧して、最後はダーツ君の手許にやってくる。彼も一通り答え合わせをしたり書き写したりした後、ペーパーを加工してダーツの要領で花瓶の中に投げ入れる。少し身体を捻《ひね》るくらいはして、左横方向に投げるんでしょう。きっとこの時、誰かが馬場先生の注意を惹《ひ》いて、ダーツ君の動きを悟られないようにしていたわけです。そして水の中に落ちたペーパーは、三十数秒で跡形も無く溶けて消えてしまう……」

私は何度も頷いた。

「で、動機は何だったんでしょう」と、土生井が訊いた。

「それが……サード君のためでした」

驚いた。ここで再び彼が出てくるとは。

「というと?」先を促す。

「サード君は、ご存じのとおり少年野球チームに所属しています。ところが練習に集中するあまり、学業の方が疎《おろそ》かになってしまった。私立の中学受験を控えているのに成績が落ちていった。そこで、お母さんがうちの塾へ入れたわけなんですが、うちでもなかなか成績が上がらない……。するとお母さんはとうとう、サード君に野球をやめるよう言ったそうです。彼の家ではお母さんが教育の全権を握っていてね……」

馬場はギネスをグビリと飲み、続けた。「でもサード君は夏の大会で引退するつもりだった。それまではどうしても続けたかったんです。そこで仲間たちが協力して、うちの塾の試験だけでもいい成績を収めさせてお母さんを納得させ、夏までは野球を続けられるように画策したと言うんですな。ただ、サード君だけが不自然にいい成績を取ると、当然、彼に疑いの目が向けられる。私が不審に思って動き出したら、いずれお母さんの耳にも届いてしまう。そこで全員がカンニングしたということのようです」

「〝木を隠すなら森〟方式ですな」と、土生井が合いの手を入れた。「涙ぐましい友情です」

だが、私は再び嫌な汗が噴き出すのを感じていた。

「しかし、カンニングのカラクリがバレた今となっては、サード君は野球を続けられなくなりますよね……」

馬場は頷いた。「たぶん。お母さんに知らせたら即刻そうなりそうだし、そうしなくても成績が落ちれば早晩――」

そうなればサード君ももちろん気の毒だが、リスクを冒して協力した仲間たちも報われない。もちろん、悪い事ではあるのだが……。

私は頭を下げた。「馬場先生、この通りです。夏まで彼らのカンニングを見逃してやってはくれませんか」

「それはできません」と、馬場は片手を上げてきっぱりと言った。

頼んではみたものの、内心ではそれはそうだろうな、とは思った。馬場は厳格な元教師なのである。

土生井がギネスを静かに飲んでいる。

私は小さく呟《つぶや》いた。「オレはまた余計なことをしてしまったのか……」

土生井が不思議そうに見る。「また、とは?」

「いや……こっちの話です」

「しかし安心してください」馬場はギネスを飲み干し、おもむろに言った。「私が彼のお母さんを説得するつもりです。サード君に夏まで野球を続けさせてくれないかと。それが無事終わって引退したら、私が責任を持って必ずや志望校に受かるよう学習指導しますと。無償で補講でも何でもやりますと――」

私と土生井は「果たして説得できるのだろうか」と顔を見合わせた。

馬場は続けた。「実は私の亡くなった長男が大学生だった時、アルバイトでサード君のお父さんの家庭教師をしていたことが判明したんですよ。――つい先日、次男に聞いたんですけどね。長男の指導で、中学生だったサード君のお父さんは見事、志望高校に合格したらしいんです。私はその親ですよ。本気出したら長男には負けません。そう言ってやります」

馬場は〝親の仇〟どころか、〝親の恩人の親〟だったわけだ。亡き長男も思わぬところで存在感を発揮したものである。

「それはいい〝キリフダ〟ですね」と、私は言った。

「ええ。――今日はこの後、市内の〈富士森《ふじもり》公園〉の球場まで少年野球の冬季大会を観に行くんですが、よろしければいかがですか」

「ということは、もしや……」

「はい。午後の試合にサード君が出場します。塾の生徒たちもみんな応援に行っているはずです」

そうか。そのための欠席届だったのだ。

土生井は肩を竦めて言った。「寒そうですな……ぼくは遠慮させてもらってもいいですか」

馬場が苦笑した。

「こちらは喜んでお供しましょう」と私は言い、一気にグラスを呷《あお》った。

結局、あれからサード君の母親は、息子と馬場の頼みを受け入れたらしい。どうやら〝キリフダ〟が役立ったようだ。父親も説得してくれたという。

ところで〝紙人32面相〟の推理クイズは、依然として答えが見つからないままである。

やはり、全ての選択肢の実物を確認してみないと、先には進めないということらしい。次はキンダガートン社の『三匹の子ぶた』に当たってみることにしよう。

FILE:02　紙と密室とクイズと

1

二月の寒い日の午後。私はいつもの御用聞きのため、本の街として知られる神田神保町《かんだじんぼうちょう》まで出ていた。書店・古書店はもとより、大小様々な出版社が軒を並べる界隈《かいわい》である。

〝紙鑑定士〟を名乗ってはいるものの、その実、メインの仕事は紙商営業マンとしてのこういった地道な外回りなのである。

まず神保町交差点からほど近い、日本で一、二を争う総合出版社〈蒐楽社《しゅうがくしゃ》〉に向かった。

広いエントランスを入り、大理石張りのエレベーターホールへ。そこには三十過ぎくらいのキャメル色のピーコートを着た男性が立っていた。中肉中背で髪は七三分け。目が合い、互いに会釈をする。間もなく扉が開いた。空だったので二人とも素早く乗る。

「何階ですか」と、自分の階のボタンを押してから男性は訊いた。

中央階の五階のランプが点《つ》いていた。そのフロアは半分が応接スペースで、半分が管理部門のオフィスになっている。

「一緒です。ありがとう」

その後も、乗る人も無いのに二階、三階と停《と》まり、その都度、操作盤の前にいる男性が開扉操作を行なっていた。柔らかそうな茶色い革手袋が印象的だ。申し訳ないとは思いつつ、位置的に男性に任せるしかなかった。

応接フロアに着くと、男性は〝開〟ボタンを押さえたまま「どうぞ」と言った。

「すみません」私は恐縮しながら先に降りた。

目の前に若い男女のペアが直立不動で佇んでいた。社員のようだ。軽く会釈して横を通り過ぎる。

「先生、お待ちしてました！」

後ろで上がった声に、私はハッとして振り向いた。

「先生、こちらへどうぞ！」

二人の社員に案内され、ピーコートの男性は奥の個室へと消えて行った。若く見えたが、たぶんVIPなのだろう。

私は無人受付に置かれた内線電話を取り上げ、暗記している番号を押して資材担当者を呼び出した。若い女性が出て、「会議が押しているので少しお待ちいただいてもよろしいでしょうか」と言われた。

再びエレベーターが開く音がし、赤っぽい髪で白いコートを着た小柄な中年女性が出てきて後ろに並んだので、無人受付の前を空けた。

「ごめんよ」と蓮《はす》っ葉《ぱ》な口調で女性は言い、白手袋の手を内線電話に伸ばした。

私はカーキ色のトレンチコートを脱ぎながら待合コーナーに進んだ。カラフルなベンチには既に同業他社の営業マンが二人座り、コートとカバンを抱えてこちらに顔を向けていた。

〈振興《しんこう》紙パルプ商事〉の長身で短髪にメガネの糸井《いとい》と、〈国際《こくさい》紙通商〉の小柄でやはりメガネの斎藤《さいとう》だ。彼らが並ぶとお笑いコンビのようにも見える。私たちは互いに軽く会釈をした。

斎藤が挨拶もそこそこに言った。「見てたよ、渡部さん。ベストセラー作家にエレベーターボーイをさせるなんて凄いね」

やはりＶＩＰだったか。

「誰ですか」

「知りたい？」

「教えてください」

「私も知りたいです」と、糸井。

「見返りは？」

見返り——斎藤の口癖だ。紙屋界隈では確かに情報が大きな価値を持つ。情報のギブ&テイクは一種のマナーでもあるが、それにしても斎藤の場合はあからさま過ぎて顰蹙《ひんしゅく》を買うことも多い。陰では〝見返り王子〟といういささか優雅過ぎる渾名で呼ばれている。さすがに〝見返り美人〟と呼ぶ迂闊《うかつ》者はいないが。

「この程度で見返りを求めるんですか」と言って、私は口を曲げた。

「阿漕《あこぎ》ですよ」と、糸井も苦笑しながら追随した。

「ちぇっ、まあいいや」と言い、斎藤は得意げに続けた。「奈加元高貴《なかもとこうき》さんだよ」

「えっ」

「えっ」

先ほど来《らい》、エレベーターのボタン操作をしてくれた男性は、ここのところベストセラー作品を連発し、著作が次々と映像化され、そちらもヒットを飛ばし続けている高名な作家だったのだ。

名前はよく耳にするが、顔は知らなかった。というのも、これまでメディアに露出することが一切無かったからだ。いわゆる〝覆面作家〟である。

あのＶＩＰ待遇を見れば、斎藤の言っていることは恐らく確かだろう。何かと見返りを求めるだけあって彼が相当な情報通なのは間違いない。特に文芸全般に強く、自身が担当している蒐楽社の出版物はもちろん、話題のライトノベルの長大なシリーズまでほぼ全巻読破しているのである。

例えばそのタイトルが刊行初期の段階でも、素早く内容を吟味してアニメ化の可能性とブレイク時期を予測し、専用の用紙を作る製紙会社の抄造の計画まで口を出せるほどだ。

蒐楽社の社員である資材担当者が自社商品に対して不勉強な場合、逆にレクチャーしてやることも多いと聞く。もちろんこの場合は、得意先なので見返りを求めたりなどはしない。もっとも、最終的には社としての見返りをゲットしてはいるようだ。

資材課では会議が長引いているようで、私たちは手持ち無沙汰になったが、これ幸いと井戸端会議を始めてしまうのが紙屋というものだ。

最近の一番の話題はなんと言っても洋紙代の値上げである。円安や海外の紛争を遠因とする原油価格の高騰、運賃の値上げが大きく影響している。

出版不況を鑑み、ここ十数年は値上げが押し留められていた出版関連用紙が、この一年で三回の値上げに踏み切るという前代未聞の事態となっている。それが引き金になってつい先日も、長年優良企業と目されていた中堅出版社が倒産に追い込まれた。

会話の最中、斎藤は情報を提供するのと交換に何度も見返りを求めてきたので、私と糸井は適当な情報を見繕って開陳した。

「しかし、暗い話題ばかりでうんざりですね」と、糸井は言った。

私は頷き、誰にともなく言った。「何か明るいネタはありませんか」

「何か見返りでもあるのかい。そっちこそネタは？」と、斎藤。

どこそこの版元が大型案件——例えば新しい定期刊行物の立ち上げ等——を振る先を探している、などといった明るく景気のいいネタは、もちろん私は持ち合わせていない。

が、ふと例の業界誌『ＫＡＭＩ・ＺＩＮＥ』の懸賞付きクイズを思い出した。三号連続で出題され、毎回正解者一名に賞金一〇万円が進呈されるというものだ。まずまず景気のいい話と言っていい。

「〝紙人32面相〟のアレ、気になりますね」と、私は小声で話題を振った。

「あの紙人ですか」と、糸井。

「紙人ね、確かにアレは当てたいよなあ」と、斎藤も興味深げだ。

貪欲な斎藤でなくとも紙業界関係者の誰もが注目しているのだ。

「なんせ一〇万ですからね。全部で三〇万。みんな狙ってるでしょう」と、私。

「実は私もしっかり狙ってまして……」と、糸井が自分の営業カバンを探った。

斎藤と二人して注視していると、糸井が一冊の絵本を取り出した。

「あ、『三匹の子ぶた』じゃないですか。〈キンダガートン社〉の」と、私。

「参考に買ってきました」

「もう一つの――何だっけ」と、斎藤。

私が答えた。「『人形の家』ですか」

「ああ、それ。それは無いの？」

「元々家にあるので持ってきてないです」

「な～んだ」

斎藤が手を伸ばすよりも速く、私は『三匹の子ぶた』を受け取った。早速〝紙調べ〟を始める。銘柄に答えのヒントがあるかも知れないのだ。

Ａ４判・上製本。カバー表面には汚れ防止用にグロスＰＰ（ポリプロピレン）加工が施されている。カバーを外して裏面の地を見ると、〈オーロラコート〉か〈ＯＫトップコート＋〉のどちらかのＡ２コート紙だと判《わか》るが、黄色味は感じられないので恐らく後者だろう。

表紙はボール紙の芯にやはりコート紙を貼り付けている。カバーに準じて同じ〈ＯＫトップコート＋〉の米坪上げ、つまり厚手のものになっている。

ピンク色の見返しはお馴染みのフェルトのような風合いから、ポピュラーな特種東《とくしゅとう》海《かい》製紙の〈ＴＡＮＴ〉に間違いない。

本文は一六ページ、Ａ２コート紙より上位ランクのＡ１アート紙を使用。化学パルプの割合が高い高級紙だ。地はマット、つまりツヤ消しだが、印刷面に光沢があるのでダル系だ。文字は落ち着いて読み易いのに、子ぶたたちの肌はツヤツヤしている。

Ａ１アート紙の銘柄は王子製紙・三菱《みつびし》製紙・中越《ちゅうえつ》パルプ工業から出ているが、表紙繋がりで王子の〈サテン金藤Ｎ〉だろう。滑らかでしっとりしているのも特徴だ。指の感触から紙厚は一〇〇ミクロン強、なので米坪はお馴染みの一二七・九グラムだろうと思われる。

「びっくりするほど高級な絵本だ」と、私は感想を述べた。

銘柄と〝密室〟との関係を考えてみた。密室は英語で〝Ｌｏｃｋｅｄ Ｒｏｏｍ〟、略したら〝ＬＲ〟。〈ＯＫトップコート＋〉の〝ＯＫ〟とは符合しない。イタリア語の

〝たくさん〟に由来する〈TANT〉もピンとこなかった。

〈サテン金藤N〉の〝サテン〟は滑らかさを意味しており、〝朱子織り《しゅすお》〟で織られた布に由来する。タテ糸とヨコ糸で織られる様は〝鉄格子〟を連想させるものの、密室とは直接関係無さそうだ。昔、ヴァン何とかという老探偵が刑務所の独房から脱出する話を読んだ覚えがあるが、鉄格子だったかコンクリート壁だったか思い出せない。いずれにせよ、どの銘柄も〝密室〟に繋がる様子は無かった。

もう一度本文をパラパラやって紙調べを終えようとした時、物語のオチが目に入った。レンガの家の煙突から忍び込もうとした狼は、暖炉に置かれた煮え立つ釜の中に落ち、茹《ゆ》でられて子ぶたに食べられてしまう。

狼の自業自得だが、そこで私は閃いた。

三男の子ぶたは、全ての出入口を塞がれた狼がいずれ煙突に目を付けて侵入することを予期していたはずだ。そこで、予め煮立った釜を暖炉内に置いていたのである。狭い暖炉内いっぱいの大きさの釜に落ちた狼は、前後左右、そして上にも逃げることができず、茹だって死んでしまったのだ。

つまり子ぶたは、狼が侵入してきて釜に落ちたら死ぬとわかっているのに煮立った釜を置いたのである。

そうなるかも知れないと予見しているのに、そうなっても構わないとスルーしてしまうことを、確か法律用語で「未必の故意」というのではなかったか。

未必→みひつ→みしつ（江戸弁）→みっしつ→密室……。

すなわち『三匹の子ぶた』には〝密室〟があるのだ。

出題は〝頓智で〟ということだったから、これは充分に条件を満たした解答ではないだろうか。私はまずまずの手応えを感じていた。

斎藤が私の手から絵本を引ったくった。「やっぱり紙がヒントになるのかねえ」

「しかし紙と密室をどう結びつけられますか」と、糸井。

私はニンマリと笑った。

斎藤がこちらに目を向けた。「渡部氏は何か見当でも付いてるの？」

「う〜ん、まあ……」と、言葉を濁しておく。

「へえ。ヒントだけでも教えてよ」

私は反撃した。「教えたら見返りはありますか」

「ちぇっ。ケチ」

それはこっちのセリフである。

その時、資材課担当者が二人やって来た。会議が終わったようだ。

「お待たせしました！」

先着の斎藤と糸井が呼ばれ、奥のオープンスペースに移動すると、早速打合せを始めたようだ。

ややあって、私が呼び出した別の資材担当者がやって来た。同じくオープンスペースへ促されるが、同業者らとは離れた場所だ。

一応、取引内容が漏れないようにするためだが、そこはわりとアバウトだ。よほど内密な話の場合は、先の作家のように個室を予約してもらうこともあった。

資材課との打合せ内容は、今後の刊行予定や用紙在庫の確認、在庫仮押さえの要請、そして発注書原本の受け渡しなどである。

この会社ではまだ、昔ながらのファックス送信での発注が行なわれていた。そして、訪問した折にその日までにまとめられた原本を受け取るのだ。前職の時はそれこそ月に何度も束になった物を会社に持ち帰ったものだが、今はせいぜい二、三枚である。

それでも私は賞状でも授与されたがごとく恭しく両手で受け取り、ビニールファイルに収めた。

隣のテーブルでは先ほどの中年女性——やはり作家のようだ——が編集担当者と打合せを始めたが、険悪なムードが漂っていた。次回作の方向性についてなかなか意見が合わないようだ。

「——だから、わたしは〝推理小説〟が書きたいのであって、今流行っているようなクイズや手品に毛の生えたようなのが書きたいんじゃないんだけどねえ」

「山田《やまだ》先生の仰《おつしや》ることはわかるんですが、やはり普段あまり本を読まない方々への訴求というものが……」

編集者が説き伏せようと奮闘している。

また他のテーブルでは、持込み常連と思われる漫画家志望者とのやりとりが始まり、そちらからも編集者が作品を厳しく批評する声が聴こえてきた。

「——まっちゃんさぁ、はぐれ者のヤングたちが戦闘集団を組織して鬼とか悪魔とかを退治する設定はもうお腹《なか》いっぱいなんだよね。もっとオリジナリティのあるものを考えないと」

「じゃあ、妖怪はどうすか。なんなら魔神でもいいっす。——あ、巨人じゃなくて小人が攻めてくるとか」

「いや、そういう問題じゃなくて……」

応接スペースはなんとも言えない気まずい空気に包まれていた。だが、これは珍しいことではない。どこの出版社も似たり寄ったりである。そういう場所に出入りできるのも、我々紙屋の仕事の面白い部分だろう。

蒐楽社での打合せが終わると、書店を冷やかして少し時間調整をしてから、近くの〈頌叡《しょうえい》出版〉に向かった。

会社に到着してエレベーター待ちをしていたら、後から蒐楽社で見掛けたあの高名な作家、奈加元がやって来た。どうやら彼も出版社のハシゴをしているらしい。さすがはベストセラー作家だ。

そういえば思い出した。噂によると、彼はデビュー一〇周年とかで、版元を横断した合同キャンペーンが企画されているのだという。

また目が合い、会釈をしたが、先ほども会ったと気付いている様子はない。さすがに今度は私がエレベーターボーイを務めた。三階の応接フロアまで一緒になり、そこで別々になった。

2

それから一週間ほど経《た》った頃、東京の出版に関わる者二人以上の人が顔を合わせさえすれば、まるでお天気の挨拶でもするように、〝カミ人30面相〟の噂をしていた。

というのも、東京・埼玉・神奈川のいくつかの図書館で、本の間にカミソリの刃が挟まれているのが発見されたからだ。

昔から脅迫といえばこれ、という定番のT字カミソリの替刃だった。刃は小さな紙片に貼り付けられており、筆跡を隠すためか利き手でない方で書かれたと思しき一文があったという。

さわるときけん　けがするで　カミ人30面相

名乗りや文言は一九八四年に起きた、あの「グリコ・森永事件」の〝かい人21面相〟の模倣である。そちらは小売店に青酸入り菓子を置き、食品会社を脅迫した事件だった。

今回の事件を受けて、全国の図書館ではすぐに対応に追われることになった。蔵書の全数検査、警備・監視の強化、来館者の手荷物検査等々……。一時休館する図書館も相次いだ。立派な威力業務妨害事件である。また、他人事ではないとばかりに独自の対策に乗り出す書店も少なくなかった。

ゴシップメディアはこぞってこの事件を報じ、物好きな人々は犯人の動機をあれこれ詮索した。

曰く、犯人は出版社に恨みがあるのではないか。曰く、著者たちを憎んでいるのではないか。曰く、図書館で嫌な思いをしたことがあるのではないか。

しかし、本はすべて小説の単行本という以外に法則性は見当たらなかった。

出版業界はもちろんのこと、紙業界でもこの事件の話題で持ち切りになった。出版社に御用聞き回りに行く度に、同業者や資材担当者とこの話になる。

なんと言ってもそのネーミングだ。

一般的には「かい人21面相」の模倣で、カミソリに因んだ名前だとされているが、我々紙屋は当然〝カミ人〟の部分に引っかかる。例の推理クイズの出題者〝紙人〟を連想しないわけにはいかなかったのだ。

その日の午前中も〈カドクラ出版〉の来客待合室に着くと、古株の同業者、岸田《きしだ》と鉢合わせになった。五十がらみの禿頭《とくとう》の卸商だ。どちらからともなく井戸端会議を始める。

手にしていた『人形の家』の単行本を見本棚に戻し、岸田が言った。「〝紙人32面相〟のクイズ、全然わかんねえや。――そういえば図書館の事件のカミ人て、あの紙人と関係あるのかねえ」

私は頷いた。「偶然にしてはカブり過ぎていますね。しかも〝32面相〟と〝30面相〟も似ている。数字的には『かい人21面相』よりも近い」

「まさか紙人32面相本人というわけはないだろうね」

「騒ぎを起こして業界誌『ＫＡＭＩ‐ＺＩＮＥ』の知名度を上げるとか？　いや、リスクが高過ぎませんか」

私が腕を組むと、岸田もそれに倣った。

「まあねえ。それにしても何か関係があるとしか思えませんなあ。少なくともあの懸賞クイズを知っている紙業界人ということにはなるんじゃないか」

「確かにその可能性は否定できないです」

「仲間内に犯人がいるかもというのは、気持ちのいいもんじゃないねえ」

私はまた頷いた。「もしそうだったとして、動機は何でしょうね」

「逆に『ＫＡＭＩ‐ＺＩＮＥ』を陥れようとしているとか。ライバル誌の仕業だったりして」

「うーむ、『KAMI‐ZINE』がそんなに売り上げているとは思えませんが。懸賞クイズも相当無理しているんじゃないですか」

「ああ、そうだよね……」

話題が尽きた。私はネタを探そうとカバンから紙屋手帳を取り出した。

その時、一緒に摑《つか》んだのかスパイ手帳を取り落としてしまった。竹井書店の小林編集長に進呈しようと持ってきたものだ。急いで拾う。

「おっ、懐かしい！」と、岸田は言った。「ちょっと見せて」

「どうぞ」と、スパイ手帳を手渡す。

岸田はパラパラめくって言う。「これとは違うけど、当時のテレビ番組の手帳なら今でも持ってるよ。子供の頃、怪奇もののブームってのがあってね――」

そこまで話していると資材担当者が呼びにきた。岸田はスパイ手帳を私に返すと、「お先に」と言って部屋の奥へ向かった。


私は、岸田が見ていた見本棚の『人形の家』に目を向けた。刊行はかなり前だが、たぶん『KAMI‐ZINE』のクイズに出題されていると知って置いてくれているのだろう。お言葉に甘えて手に取る。

本文紙は一目見てわかった。中越パルプ工業の書籍用紙〈ソリスト（N）〉だ。〝N〟はおそらく薄いクリーム色を示す〝ナチュラル〟だと思うが、この銘柄の特徴は何と言っても緑の色合いが強い点である。まず見間違えることはない。〝独奏者〟と〝自由〟か……。『人形の家』の結末と重なって見えるのは偶然か意図的か。〝ソリスト〟の由来は確か「独奏者になって自由に表現してほしい」だったはず。だが、この銘柄と〝密室〟とはどう頭を捻っても結びつかなかった。

さらに紙調べを進めようとページをめくった時、スマホが鳴った。本を棚に戻して表示を見る。

自然堂真理子《まりこ》だった。

真理子は老舗の中堅紙商〈自然堂紙パルプ商会〉の創業家の一人娘で、同社の社員でもある。私と同期入社組だった。

故あって少し前まで彼女の送迎役としてランボルギーニを運転していたのだが、車を返却してからは連絡も途絶えていたのだ。

今頃いったい何の用だろう。まさか、また大きな交通違反でもしたのだろうか。一旦、エレベーターホールへ出る。

不安ながら出てみた。「はい……」

「今、大丈夫？」

「大丈夫だから出ている」と、元同僚の村井の口真似をした。

「あ、そう」軽く流された。「――頌叡出版の不穏な噂を聞いたんだけど、知ってる？」

「いや……」

「例の紙の人じゃない方の〝カミ人〟なんだけど。頌叡出版の人が容疑者らしいのよ」

驚いた。

「本当か」

「ええ。さる筋から聞いたんだけど、文芸編集の人らしいわ。証拠品の紙片からその人の指紋が複数検出されたらしいのよ」

洋紙は指紋が付着しやすい物質の筆頭であり、残留期間も非常に長い。五～六年か、それ以上もつ場合もある。そして検出も容易だ。一方、表面の凹凸が顕著な和紙は検出が難しい。

「なぜその編集者の指紋を――」そこで声を落とした。「警察が記録しているんだ」

「そんなの知らないわ。前科でもあったんじゃないの？」

「前科か……しかし編集者がなぜ図書館を攻撃したんだろう」

「前科があるくらいだから、元々ヤバイ人だったんじゃないの？」

「ヤバイ人を出版社が雇うかね」

「そりゃあ、隠していたらわからないわよ。公務員じゃないんだから、そこまでは調べないでしょう」

「それはそうか」

「頌叡出版、一社員の不祥事でも風評被害はあるでしょうから、取引が減る可能性があるわね。渡部君もある程度は覚悟しておいた方がいいんじゃない？」

頌叡出版は前職の頃からの得意先だった。その縁を大事にしてくれ、フリーランスになった今でもそこそこの取引をさせてもらっている。その取引が縮小されるとなると、これはかなり痛い。

「ご忠告ありがとう」

「どういたしまして」

「用件はそれだけか」

「ええ、それだけ。じゃあね」と言って、真理子は一方的に通話を切った。

待合室に戻ると、資材担当者が私を手招きしていた。

3

翌日はちょうど頌叡出版の資材担当者、神崎《かんざき》にアポを取っていた日だった。さりげなく探りを入れておこうか。

応接スペースで待っていると、固太りの身体で黒いセーターをパンパンにした神崎がやって来た。珍しく奥の個室に案内される。

テーブル上の互いの前には〝紙屋手帳〟が置かれた。〈日本洋紙板紙卸商業組合〉が毎年発行する手帳だ。紙業界で必要なあらゆるデータや決まり事が掲載されており、業界関係者なら皆携行している。〝日紙商手帳〟と呼ぶ人もいる。

出版社の資材担当者も例外ではなく持っている。かつて、ある出版関係者から「秘密結社感がありますね」と言われたことがある。言い得て妙だ。

互いに紙屋手帳にメモを取りながら打合せを進める。

伝達事項のやりとりもそこそこに神崎は言った。「――ところで渡部さんは聞いてますか」

「聞いてますかって……何をです？」おずおずと訊く。

「うちの文芸の橋本《はしもと》のことです」

いきなり切り出され、私は面食らった。

「もしや、例の図書館の……」

「やはり知ってましたか」神崎は表情を曇らせた。

「いや、橋本さんという人だとは知りませんでした。概要だけで」

「橋本は絶対にやっていません。本人がそう言ってましたから」神崎は力強く言った。

「――というのも実は僕、以前は制作にいたので橋本とやり取りをよくやっていたんです。彼の性格をよく知ってるから信じられます」

〝制作〟というのは、編集部と印刷所との間の連絡や原稿等の授受を円滑にし、補助する業務だ。編集部に所属している場合もあるが、この大会社の場合は生産管理部に制作課と資材課がまとめられ、分担して各刊行物を担当している。

神崎は資材課の前に制作課にいて、橋本の編集する刊行物を担当していたらしい。

「なるほど。〝戦友〟というわけですか」

神崎は頷いた。「それに……彼は他人の罪を被ることはあっても、自分の罪を隠すことはしないはずです」

意外なことを言い出した。

私は訊いた。「というと？」

神崎は声を落とした。「――橋本が担当の書籍を僕が扱っていた時、取りまとめをしていた修正データを取り違えて、修正前の物で刊行されてしまったことがあったんです。作家はもとより各方面からの超大目玉必至でね……。ちょうどその頃、僕は副課長待遇で今の資材課に異動する予定になっていたので、この失態は痛かった。昇進がご破算になってしまう。子供も生まれたばかりでね……。そこで橋本が取り違えたことにしてくれたんですよ……。誓って言いますが、こちらから頼んだわけではありません。彼から申し出てくれた。――言い訳になりますが、当時は複数の校了が重なって徹夜が続き、疲れていたんです。彼は僕よりも遥かにデカい男なのに、気持ちは細やかなんですよ……」

確かに制作課員は、複数の刊行物を同時進行で捌《さば》くことも多いと聞く。

「そんなことが……」

「たった一度だけの失態ですがね、タイミングが悪かったんですよ……。しかしあの時は本当に助かった」と言って、神崎は両手で顔をごしごしと擦《こす》った。

神崎の身を切るような告白によって、私は橋本の無実を信じる気になった。

紙屋手帳を広げて言った。「一つ気になっているんですが……」

「はい、何でも訊いてください」

「なぜ橋本さんの指紋が警察に登録されていたんですか」

「ああ、それですか。その理由はうちの社員全員が知ってますよ」神崎は事も無げに言った。

「社員全員？」

「ええ。――彼、一年ほど前にも警察にしょっ引かれましてね」

「えっ。というと……」私は思わず訊き返した。

「渋谷駅の改札前にいた警官に、キーホルダーに付けた〈ビクトリノックス〉の一番小さいやつを見咎《みとが》められたんです。それで警察署に任意同行させられてナイフは没収、両手全部の指の指紋を採られたんだそうです」

それを聞いて、私は鮮やかな赤い把手《はしゅ》を思い出していた。〈ビクトリノックス〉とはスイス・アーミーナイフの有名ブランドだ。いわゆる十徳ナイフで、ブレードの他に缶切り・栓抜き・コルク抜き・ハサミ等が収納されており、様々な種類とサイズがある。アウトドア志向の人間はもとより、そのファッション性の高さで若い男性には人気がある。

しかし一番小さいタイプだとたかだか五〜六センチ程度だ。私も学生の頃に買った物が一つ、実家の小物入れで眠っている。

「それはお気の毒に」

「ええ。で、その顚末《てんまつ》を面白おかしく会社のイントラの社員向け投稿コーナーに書き込んだんですよ。『社員の激ワラ・激オコ体験談』というやつで、各部署に輪番制で回ってくるんです。だから、みんな読んで知ってるんですよ」

そうだったのか。刑法には詳しくないので、いったいこれは前科に入るのだろうかと考え込んだ。

神崎は続けた。「ナイフの時、橋本はせめてもの抵抗に『自分は誰かに似ているんですか？』と訊いたらしいんですよ。すると警官が『余計な事を訊くな！』と怒鳴った。そうしたらもう一人の警官が『爪切りとかに使っているだけだよね。ただの手続きだからね』と優しく言ったそうなんです。〝良い警官と悪い警官〟て本当なんだな、と書いていました。それで、今回も全く同じパターンだったらしいです。もちろんそっちは書いたりしていませんけどね。元相棒だからこっそり僕に教えてくれたんです」

しかし私にまでこっそり教えてくれたわけである。その真意は何か。

私は先を促した。「それで……？」

「ええ、それで、何か彼の潔白を証明する手立ては無いものかと……聞けば渡部さんは紙に関する事件をいくつも解決しているとか」

「いくつもなんて解決していないですよ。かいかぶりだ」

自分にお鉢が回ってくるとは思わなかったので、慌てて否定した。

「そこを何とか……」と頭を下げる神崎。

私は考えた。

真理子の言うとおり、頌叡出版が苦境に立てばこちらの稼ぎにも影響するのは間違いない。犯行は東京都・神奈川県・埼玉県で起きていた。ならば、旧知の神奈川県警の石橋和男《いしばしかずお》刑事に働きかけることができるのではないか。部署は違うだろうが、なんとかなるかも知れない。

そもそも、あの浪花節《なにわ》を聞かされてスルーできる人間などいるだろうか。

「そうですか……」と、私は言った。「――では、ちょっと考えさせてください。独りでは無理なので、協力者と相談してみます」

「ありがとうございます！　なるたけ情報の提供はしますので！」

「でも、期待し過ぎないでくださいよ」

そう念を押して、私は頌叡出版を後にした。

4

神奈川県新多摩《しんたま》警察署刑事第一課の石橋刑事とは、過去に二つの事件で関わっている。いずれもこちらの情報が役立ち、捜査の進展に貢献しているのだ。

こちらから頼み事の一つくらいしてみてもバチは当たらないだろう。

翌日の朝一番で石橋のケイタイに直電した。

「いいところで電話をくれた」と、石橋は意外にも言った。「ちょうどお宅向けの仕事がありそうなんだ」

「それは奇遇ですね」と、私はつい言ってしまった。

こちらから頼み込む煩わしさが省けたからだ。

石橋が訝《いぶか》る。「というと？」

今は、警視庁管轄の事件について動いていたことは伏せておくことにする。

「いや……たまには御用聞きでもしてみようかと思ったわけで」

「そうか。――こっちは例の〝カミ人30面相〟の件だ。知ってのとおり、県内でもやられた。証拠品に紙が含まれていたので、お宅にも見るだけ見てもらえたらと思ってな」

紙商に知り合いがいることで県警内でも知られる石橋は、事件を担当する部署から相談を受けたらしい。

「そうですか――お安いご用です」

「〝参考人旅費〟に多少色を付ける形で謝礼を出そう」

「ありがたいことで。――では早速、これから旅費を頂きに参るとしましょうか」

「よろしく」

午前中は空けておいたのだ。川崎《かわさき》市の向ヶ丘遊園《むこうがおかゆうえん》駅から程近い新多摩警察署に向かうことになった。戸締りをし、重たい営業カバンを提《さ》げた。新宿駅まで歩き、小田急線に乗った。


新多摩署に着くと、西側のいつもの殺風景な小会議室に通された。ギシギシ鳴るパイプ椅子に座る。

「これなんだがね」と言って、石橋はチャック付きのポリ袋を寄越した。

中には二、三枚の紙片が入っていた。

「カミソリは外して別の検査に出してある」そこで石橋は声を落とした。「――これは報道されていないが、カミソリはご丁寧にも刃が落としてあった。全部だ。ヤスリか何かで削ったらしい」

「つまり、犯人は人を傷つけるつもりはないということですか」

私は犯人の人間性についてしばし思いを馳《は》せてみた。根っからの悪人ではないというのだろうか。

「予断はいけないが、どうもそういうことらしい」と言って、石橋は頭を掻いた。

「紙はこれで全部ですか」

「もちろん一部だ。あと十数枚ある」

私は頷き、目を近付けて観察した。もちろん、まず目に入ったのが犯人のメッセージだ。

さわるときけん　けがするで　カミ人30面相

報道にあったとおりの文言である。普段は右手を使う人が敢《あ》えて左手で書いたような、のたくった文字だ。鉛筆が使われている。

「利き手でない方で書くと筆跡を誤魔化せるというのは本当ですか」

「そんなことがあるはずない」石橋は言下に言った。「どちらの手で書こうと当人のクセは出るからな」

「やはり眉唾《まゆつば》でしたか」

文字の下、長四角に表面が荒れている。粘着テープを剝がしたような跡だ。両面テープでカミソリの刃を貼り付けてあった場所だろう。袋ごと透かして見る。

内心、ちょっと厄介だな、と思った。

私はおもむろに言った。「〝PPC用紙〟のようですね……」

「何だって？」

「Ｐｌａｉｎ Ｐａｐｅｒ Ｃｏｐｉｅｒの略、直訳して〝普通紙複写機用紙〟のことです」

「〝ふつうしふくしゃきようし〟って？」

「失礼、一般的にいうコピー用紙のことです」

「最初からそう言ってくれよ。まあ、一見して普通の紙だもんな。俺もそう思っていた」

紙屋はコピー用紙を日常的に〝ＰＰＣ〟と呼んだりする。〝情報用紙〟に分類され、レーザープリンター・インクジェットプリンター、果ては低予算の軽オフセット印刷にも使用される。普通紙ファックスも、もちろんこの紙だ。

本来〝情報用紙〟または〝情報産業用紙〟は、電算機・プリンター・ファックス・複写機といった様々な情報機器に合わせてそれぞれ専用の物が存在するが、この〝普通の紙〟であるＰＰＣ用紙の登場でＯＡ界隈が飛躍的に効率化されたのである。

「一見すると普通の上質紙ですが、静電気を防止したり、トナーの定着をよくしたり、機械内の走行性がよくなるように作られているんです。カールしにくいのも特長で、コピー後のソーターのまとまりがいいんですよ」

「え、やっぱり普通の紙じゃないのか」

「本当の意味の〝普通の紙〟をコピー機にかけたりしないでくださいよ。紙詰まりを起こしますから」

「ふーん。――で、銘柄とやらは？」

「ＰＰＣ用紙は銘柄の名前に特徴がなくて、型番で呼ばれます。基本、情報用紙なので品質にはそれほど差は無いんですよね」

当初、今回の仕事が厄介だと思ったのはそういうことである。銘柄を特定するのは至難の業だ。

それでもなんとか踏ん張ってみる。

「袋から出してみてもいいですか」

「じゃあこれを」と、石橋はビニール手袋を一組取り出してこちらに寄越した。

両手に素早く装着する。

コピー用紙の米坪は六四グラムから六八グラムが一般的だ。手袋越しに触ってみると、少々厚く感じられたのでほぼ一〇〇ミクロン。米坪はたぶん中間の六六グラムだろう。

「少し色が濃いですね。白色度は七〇パーセント以下、恐らく〝再生紙〟でしょう。古紙パルプ配合率は一〇〇パーセント」

頼みの綱は再生紙という点だろうか。再生紙とは文字通り古紙を再利用したもので、大昔、それこそ平安時代から存在する。しかし昨今、環境への配慮やＳＤＧｓの観点からも注目されるようになった。

だが、その字面から連想されるような経済性――砕けた言い方をすれば貧乏臭さ――とは正反対に、一般品よりもコストの掛かる代物なのである。考えてみれば、古新聞・古雑誌から古紙パルプを抽出するプロセスが余分に必要なのだから、当然な話だ。従って、それなりに意識の高いユーザーに限定されて用いられているイメージが強い。

「再生紙、ね」石橋が大学ノートにメモした。

私は訊いた。「指紋は出ましたか」

「もちろん出た」

やはり。コピー用紙は紙製品の中でも特に指紋を検出し易いのだ。

「一種類だけですか」

「今のところな」

「その指紋の主は特定されたんですか」

「ああ、そうなんだが……」石橋は忌々《いまいま》しそうに言った。「桜田《さくらだ》も――警視庁が既に押さえている」

「容疑者がいると」

「いや、まだジュウサン――重要参考人らしい」

私が聞いていたとおりだ。恐らく頌叡出版の橋本のことである。橋本が何かをコピーした、少なくとも触った書類または白紙の一部だと考えることができる。

橋本が真犯人でないとしたら、それを入手した第三者が再利用したと考えるべきだろう。ということは、まず頌叡出版内の他の人間が疑わしいということになる。

誰かが橋本のせいにした？　しかし、真面目で仲間思いだと言われる橋本に恨みを持つ者がいるのだろうか。まあ、人の気持ちは解らないのだが。

石橋は焦《じ》れたように言った。「他に警視庁とは違った視点は何か無いものだろうか……」

彼はもはや盟友と言っていい。できれば肩入れしてやりたい。

「元のサイズをなんとか割り出しましょう。まずは判型を特定します」

それぞれのサイズは名刺程度。大きな紙を均等に何度か折って切り分けたものだと思われた。端に折り目の痕跡があるし、切った線はよれていたりする。カッターではなくハサミを使ったのだろう。ランダムに折って切った可能性も無くはないが、一旦この仮説を立てておく。

「はんけい？」

「A4判とかB5判とかあるでしょう」

「ああそうか。――そもそもAとかBとかって何のことだ？」

「A判はISO、つまり国際標準化機構の規格で、ドイツの工業規格が基になっています。ルート長方形、つまり縦横比が1対ルート2の長方形の面積が1平米になったものがA0判です。それを半分、さらに半分と切って小さくしていくのがA判の各サイズです」と、一息に語った。「一方、B判ですが、こちらは日本独自の規格で、美《み》濃紙《のがみ》をルーツとした四六《しろく》判が基になっています。四六判というのは――」

「いや、もう結構」石橋が手を振って遮った。「訊いた俺が悪かった」

5

私は肩を竦めてみせ、カバンから紙屋の七つ道具の一つ、小型メジャーを取り出した。紙片の寸法を測ってみる。短辺は六〇ミリ、長辺は九一ミリだった。

まずそれぞれ二倍してみると、短辺は一二〇ミリ、長辺は一八二ミリ。B6判の一二八ミリ×一八二ミリに近い。短辺が若干足りないが、何か理由があって短めに切ったのだろう。長辺はドンピシャだ。ランダムに折った可能性は排除できそうだ。

つまり、B6判、B5判、B4判のいずれかのコピー用紙を切った可能性が高い。

私は言った。「どうやらB判のようですね」

「B何判だね」

「もう少し調べさせてください」

許可を得て端を少しだけ折ってみたところ〝耐折強度〟が落ちており、退色も進んでいる。つまり商品が古いのではないか。もちろん、退色の度合いは保管状態に左右されるから、それほど参考にはできないのだが。

馴染みの製紙会社の工場に持ち込んで〝pH〟を計測してもらえば、酸化の度合いも判ることだろう。が、私は少なくとも三年以内の商品ではないとアタリをつけた。

さらに紙片を裏返して観察していると、あることに気が付いた。

「おや……」

「何だ」

手書きされた面を裏返した時、紙の切断部近くに微《かす》かな黒線があったのだ。短辺側だ。

「これです」私は指を差した。

「ああそれか。気付いてはいたが、よく判らなかったのさ。後で訊こうと思っていた」

それは三ミリほどの直線と、五ミリ径の円の一部だった。何かの印の一部分のようだ。頭の中の検索エンジンが稼働し、画像がグルグルと巡った。やがてある図形がヒットした。

以前の会社に入社してすぐ出版用紙課に配属になった。その研修の際、雑誌や書籍のゲラを見せてもらったことがある。その時に目にしたのだ。

「たぶん〝トンボ〟じゃないですかね」と、私は言った。

「トンボ？　虫がどうした」

「いや、〝ゲラ〟に付いている印のことです」

「今度はオケラか」

「わざと言ってませんか。ゲラとは本の校正刷りや校正紙のことです」

石橋は顎を撫でた。「ああ、耳にしたことくらいはあるよ」

ゲラ――その昔、金属で出来た活字を、ガレー船のガレーが訛《なま》った〝ゲラ〟という枠箱に並べて組版をした。そのままいったん刷って校正に回したので、校正刷りのことをゲラ刷り、略してゲラと呼ぶようになった。活版印刷が廃れた現在でもその呼び名だけが残ったのだ。

「で、そのゲラとトンボがどう関係あるんだ」

「トンボというのは、印刷版やゲラに付いている〝トリムマーク〟のことです。ページの位置や、折りの位置、断裁等の位置を示すものとして付けられている目印ですよ」

私はさらに説明を続けた。

活版印刷が無くなった後、印刷の製版原稿である〝版下〟をコピーしたものがゲラとなったが、さらに現在はコンピューター上で組版をし、それをプリントアウトしたもので校正をする。

だがどの時代のゲラにも、版に付けてあるトリムマークが入っているものだ。十字型をしており、昆虫のトンボの姿を思わせるためそのように通称されるのである。

これはそういったトンボの一部ではないだろうか。円が付いているのでたぶん〝センタートンボ〟だ。校正紙の見開きの上下左右、四カ所に付いている。狙撃者がライフルのスコープを覗《のぞ》いた時に見る十字マークとも似ている。

「ほう、そういうものが……」

そのつもりで他の紙片を探すと、二本線の一部があった。たぶんそちらは〝コーナートンボ〟だろう。見開きの四隅にあるものだ。

つまり、これらは印刷版のコピーであるゲラを再利用したものなのだ。いわゆる〝裏紙〟という節約術である。一度使ったコピー用紙を裏にしてメッセージを書いたということらしい。普段からメモ用紙として使っていた可能性もある。

元の文字等が残るとそこから足が付くので、周囲の余白のみを利用したのだろう。文字列を避けて切ったので、短辺の長さだけが規格寸法と合わなかったのだ。しかし犯人は、うっかりトンボの一部を残してしまったのである。

私は紙片を睨《にら》みながら考察を続けた。

短辺側のほぼ中央にセンタートンボの一部があるということは、同じサイズの紙片がその下に三枚繋がり、計四枚となって一番下にもセンタートンボがくる。横方向にも計四枚が連なるはずだ。長辺が九一ミリだから四倍すると三六四ミリ。それが長辺となるB判は……。

「コピー用紙の元サイズがわかりました」と、私は声高らかに言った。「B4判です」

「わかったのか。凄いな」

「帽子《B4》に《2》粉《57》雪。寒し《364》、です」

「何だそりゃ」

「二五七ミリ掛ける三六四ミリ。——私は全ての規格寸法を自前のゴロ合わせで諳《そら》んじているんですよ。もちろん、倍々ゲームで割り出すことも可能ですが」

「へえ……」

Ｂ４判の中央に、トンボを含めた見開きの印刷版がそっくり入るということは、この本は四六判単行本かＢ６判コミックスだ。後者なら裁ち落とし部分近くまで絵が入っていることが多いから、違うだろう。前者に相違ない。小説本・エッセイ集・研究書といった類だ。

私は続けた。「この紙片は四六判単行本のゲラの一部のようです。ということは、印刷所や出版社と関係があるはずです」

石橋が片方の眉を吊《つ》り上げた。「やはりそうか……」

どうやらこちらの指紋も橋本のものだったようだ。紙片がゲラだったということは、やはり橋本と縁が深いことを証明しているわけだが、同様に頌叡出版内の誰かが犯人だということでもある。

私は訊いた。「警視庁や、あるいは埼玉県警が採取した紙片にはトンボが見当たらなかったんでしょうか」

石橋は少し躊躇《ためら》ってから首を振った。

あるいは彼らが気付いていないだけだろうか。実際のところはわからないが、もしそうなら石橋たち神奈川県警が一歩リードとなるかも知れない。

私はさらに考察を進めた。

「指紋が後にも先にも一種類のみだと仮定しますが」と、私は切り出した。「ゲラに犯人の指紋しか見当たらないということは、犯人一人しか触っていないわけです」

石橋の手前、私は橋本のことを〝犯人〟と呼んだ。

「たまたまかも知れないが……まあ、いったんそういうことにしておこう」

私は続けた。「しかしゲラは印刷所または組版所が出してきたものだから、本来なら他の人間の指紋も多少なりとも付いていて然《しか》るべきです」

「ほう、ということは？」

「全く無いということは、ゲラの原本そのものではなく、原本を犯人が一人でコピーしたものなのではないでしょうか」

石橋はつまらなそうな顔をした。「まあ、そうかもな」

確かに傍目《はため》にはたいした情報ではない。橋本が出版関係者であるという事実を確認したに過ぎない。

「四六判単行本のゲラのコピーだと判った点は、大きな進展ですよ」

「そうなのか」

「もう少し時間をください」

石橋は寄る辺《べ》なさげに頷いた。「わかった」

私はビニール手袋を外して返すと、新多摩署を辞去した。

橋本や頌叡出版が警視庁にマークされて以降、業務を再開した各地の図書館での犯行はピタリと止まっていた。それをもって冤罪《えんざい》のはずの橋本の立場が悪化する可能性もある。

一方、石橋に伝えたゲラの手掛かりは、特に役立てられることもなく時間が徒《いたずら》に過ぎて行った。私は独自に動きたい衝動に駆られ、じりじりしていた。

だが二月も半ばに差し掛かった頃、新たな展開があった。

大手古書店チェーン〈ＢＯＯＫ　ＤＯＷＮ〉北横浜店で、カミソリの刃が多数発見されたのである。

その週末、私は再び石橋に呼び出された。

6

さわるときけん　けがするで　カミ人30面相

「六割方、同じ紙です」

新たな証拠を見せてもらったが、私に言えるのはそれだけだった。本当は半々と言うべきところだが、希望的観測が入っている。

残された紙片には指紋は一切無かったというし、トリムマークも見当たらなかったが、三年以上前に抄造された再生紙のコピー用紙なのは確かだった。やはりそこがポイントだと言えば言えるのである。

「微妙だな……他にわかったことは無いか」

ビニール手袋を外しながら、私は首を振った。

「そうか」

「筆跡の方はどうでしたか」

「これまでの物と六割方一致しているそうだ」石橋は歯痒《はがゆ》そうに言った。

利き手でない側で書いた文字でも筆跡がわかると豪語していたわりには頼りなかった。

「そちらも六割方ですか。また微妙ですね」

「まあね」そこで石橋は声を潜めた。「これも内密にしてほしいんだが——今回のカミソリには刃があった」

刃が。

確か図書館の物は刃が落とされていたはず。

「となると、模倣犯でしょうか。メッセージの文言や再生紙であること以外の共通点が無い」

石橋は頷いた。「筆跡も紙の方も六割方とくれば、その可能性は否定できない」

「少々ややこしくなってきましたね」

「うむ」

「でも、私はやはり同一犯の気がします」

石橋は軽く首を縦に振った。「俺もそう思う。決定的な根拠は無いんだがね」

「だとしたら、得た材料は警視庁よりも多いと言えますね……」

石橋は鼻の頭を擦って聞いていたが、特に同意は示さなかった。

「今日のところはこのくらいだ。——ご足労ありがとう」

あっけなかった。

私は手を挙げた。「ちょっと待ってください。どんな状況で見つかったか、訊いてもいいですか」

石橋はしばし顎に手をやってから言った。「図書館とあまり変わらなかったよ」

「しかし図書館とは違って今回はショップです。万引き等に対する警戒はよりしっかりしているでしょうから、不審な行動は取りづらい。どうやって大量に仕込んだんでしょうね」

石橋はまた声を低くした。「新着の人気書籍の棚が集中的にやられた。前日の閉店後に並べた本に挟まっていたらしい。ということは深夜の犯行のようだ」

「店内の防犯カメラは?」

「何も映ってはいなかった。閉店後は限定的に作動させているらしく、死角が多い。犯人はそれを知っていた可能性がある」

「下調べをしていたと。——しかし、どうやって忍び込んだんですかねえ」

「まだ判っていない。鍵はしっかり施錠されており、エントランスのシャッターが弄られた形跡も無い。通用口の扉は自動ロック式の暗証番号錠だ、店員でなければ開けられない。各窓も戸締りに異状無し」

「前の日の閉店前から店内に潜んでいた――わけはないですよね」

「当然、確認している」

「何というか……これは〝密室〟ですね」

石橋が顔の前で手をひらひらさせた。「バカバカしい。何か単純な理由があるのさ。例えば関係者が手引きしたとか、元バイトが恨みを晴らしにきたとか。何か侵入できる裏ワザでも知っているんだろう」

「元バイトなら恨みを持っていて当然という言い方ですね」

「統計的にそうなんだから仕方がない」

「では、その線で捜査が進展しているんですね」

「ううむ……」

どうやら芳しくないようだ。

私たちは黙り込んでしまった。会話が進まない。

石橋はパンチパーマの頭を掻きむしり、自棄になったように言った。「……もし関係者でないとしたらどうなんだ。お宅の得意な紙のトリックかなんかで出入りしたとでも言うのか。何か、錠を簡単に開けられる紙といったようなものはあるのか」

「心当たりが無いわけではないですよ」

「えっ、あるのか」

私は頷き、記憶を呼び起こした。「ちょっと古い話です。時は戦国時代、現在でいう滋賀県と三重県に忍びの――」

「いや、わかったわかった」石橋が遮った。「訊いた俺が悪かった」

私は言った。「例のゲラの件、出版社に訊いてみたいんですが、いいですか」

「捜査情報なんだがなあ」石橋はまた顋を触った。

「出どころその他、詳細は伏せます」

「ううむ……」石橋はしばし考えてから言った。「くれぐれも出どころは秘匿してくれよ」

私は「了解」と〝挙手注目の敬礼〟をした。石橋がまた煩《うるさ》そうに手をひらひらさせた。

そろそろ次の約束の時間が近付いていた。そちらでは何か新しい手掛かりがあるかも知れない。パイプ椅子から立ち上がる。

石橋は私に何度も念押しをし、新多摩署から送り出した。

7

その足で、予めアポを取っておいた頌叡出版を三たび訪ねた。今回も個室に通される。

神崎は珍しくペットボトルのお茶を出してくれた。冷えていないのはありがたい。受け取って言う。「ご丁寧にすみません」

「いえ、お願いごとをしているので、せめてこれくらいは……」

早速本題に入る。「橋本氏の指紋が見つかったという紙片ですが、さる筋からの情報によると、Ｂ４のＰＰＣ——コピー用紙を折って切ったもので、裏面に〝トンボ〟が見つかったそうです。もしかしたら四六判単行本のゲラのコピーということではないですかね」

〝さる筋〟とは便利な言葉ではある。

「なるほど」と言って、彼は納得顔で顎を撫でた。「それは有力な手掛かりですね」

かつて制作進行だった神崎は話が早かった。

すかさず私は訊く。「ゲラをコピーすることはよくあるんですか」

「ありますね。印刷所なり組版所なりから送られてきたゲラは校正原本となります。それに朱字《あかじ》を入れるわけです。それとは別に、著者確認用のものをコピーで用意しますから」

朱字とは、赤ペンで書き込まれた校正記号や修正指示のことだ。校正済みのゲラを〝朱ゲラ〟などと呼ぶらしい。

「原本とは別に、コピーがあるわけですね」

「原本自体をあちこち移動させると、万が一輸送中の事故でもあった時には目も当てられませんからね」

「なるほど……確かに」

頂きますと呟き、私はペットボトルを開けてお茶を一口飲んだ。

神崎は続けた。「段取りを細かく言いますと、ゲラが出た時点でコピーしてまず〝控え〟を作り、著者に送ります」

「控え……」

「ええ。出校されるとすぐ社内外で校閲を進めます。その結果を著者に確認してもらう必要がありますから、校閲にかかる一週間なりを待たせてしまうわけです。その待ち時間に著者にも控えを見てもらって、事前確認をしておいてもらうというわけです」

「ああ、そのための控えですか」

神崎は頷いた。「約一週間後、校閲済みのゲラをやはりコピーして著者に送り、改めて確認してもらって、そこに新たな朱字やコメントが追加されて編集部に戻されます。さらに編集部で確認し、最後は印刷所や組版所に戻されます。これを初校と再校の二回やります。場合によっては三校、特別な時は四校までやることもありますが」

「すると普通、初校と再校の二セット分の控えが、著者の手許に残るわけですね」

「そうです」

「ということは、著者も怪しいということになりませんか。橋本氏がコピーして送った控えを捨てずに〝裏紙〟として再利用したとしたら……」

しかし神崎は首を傾《かし》げた。「だとしたら著者の指紋も付くわけですよね。ゲラを摑む部分は人によってそう差は無いはず。でも全く出てこないのはなぜなんでしょう」

それもそうだ。

「犯行のために予め手袋をしていたんでしょうか」と、私は訊いた。

神崎は再び首を傾げた。「しかし、控えとはいえ著者にとって大事なゲラです。最初から犯行に利用しようと考えて手袋を用意しますかね。一度は普通に目を通したはずです」

「すると著者の線は無いですか……」私はさらに可能性を考えた。「では、橋本氏が自分用に控えをコピーして手許に置いておいたか捨てたものを、誰かが指紋を付けないようにして入手し、犯行に利用したというのは」

「それもないと思うなあ……最近は会社のコスト管理が厳しいということもあって、橋本は自分用にはタブレットでゲラを参照していましたから」

私は頷き、またお茶を口にした。紙屋手帳のメモを覗く。

「ところで、編集部のコピー用紙はどういったものを使われていますか？」

「たぶん、全社同じ紙を使っていると思います」

神崎はバインダーを開くと、紙を一枚引き抜き、私に寄越した。企画書のように見える。受け取って見る。

「内容は読まないように気を付けます」

「お気になさらず。見られて困るものではないです」

コピー用紙を一目見て、例の紙片とは違う紙だと判った。すなわち、こちらは再生紙ではないのだ。

「長年この紙ですか」

「うーん、総務に訊いてみないとわからないですね」

「お手すきの時に是非お願いします」

「了解です」

もしも紙片がこの会社のコピー用紙でなかったなら、どういうことになるのだろうか。

「つかぬことを訊きますが、タブレットを常用する橋本氏でも、必要に迫られてコンビニ等でコピーしたり、あるいは自宅のプリンターで印刷するというようなことはあるでしょうか」

「たぶん無いとは思いますが、橋本に確認しておきます」

これも先方の宿題になった。神崎が紙屋手帳にメモを取っていた。

私はお茶を飲み、ぼんやりと神崎の手許を見ながら考えた。指紋か……。

「また〝著者犯人説〟に戻りますが」と、私は言った。「もしかしたら、普段から手袋を装着する習慣のある人かも知れませんよ。例えば冷え性だとか、皮膚が弱いとか

「……」

「うーん、そうですねえ……」

「それも橋本氏に訊いてみてもらえませんか」

「そうします」

私は頭の中を確認してから言った。「では、質問は以上です」

神崎がメモを取り終わるのを待って、私は辞去することにした。

8

出されたお茶をかなり飲んだので、帰り際にトイレを借りた。エレベーターホールの脇に進む。

芳香剤の効いたトイレの中に入ると、壁のタイルには貼り紙があった。「いつも綺《き》麗《れい》に使っていただきありがとうございます」と印刷され、私の知らないキャラクターのイラストが添えられている。

貼り紙の右上の端が剝がれかけていた。両面テープで留められていたようだ。水でも掛かって粘着部が劣化したのだろうか。

見栄えが悪いので直しておく。職業柄、曲がった紙は真《ま》っ直《す》ぐにし、乱れた紙束は綺麗に揃えなければ気が済まなくなっているのだ。

だが、カバンを提げていたので片手で作業をしていたため、うっかり端を折ってしまった。ところが紙はすぐに戻った。

どうやら〝ユポ〟のようだ。

ユポとは合成紙のシリーズである。〝紙〟と付いてはいるが、木材パルプは使用せず、合成樹脂を主原料としている。だから水や油に強いのが特長だ。微細な空孔があるので紙そっくりの質感を持ち、印刷や書き込みが普通にできる。最近は選挙の投票用紙や選挙ポスターに使われていることが一般に知られるようになってきた。出版では雑誌付録の〝お風呂ポスター〟などに利用されることが多い。私も何度か手配したことがある。

この貼り紙も、水が掛かることの多いトイレ用だからこそユポが使われたと思われる。

小用便器の前に立つと、ぼんやりと北横浜の〈BOOK DOWN〉の件を思い出して、目の前のアルミサッシの小さな引き違い窓の鍵に目を向けた。

クレセント錠だ。

回転させてフックに引っ掛ける部分が三日月＝クレセントの形をしているため、そう名付けられたと聞く。

以前、実家に出入りしていた大工から聞いた話を思い出した。施錠された引き違い窓を外側から上下にガタガタと揺らすと、その振動でクレセント部分が徐々に逆回転し、やがて開錠してしまうというのだ。昔の空き巣は皆その手口を使っていたという。もし〈BOOK DOWN〉のどこかの窓、例えば同様にトイレの窓がクレセント錠だったなら、この方法で開錠できたのではないか。

一瞬そう考えたが、クレセント錠のユニットにある小さなツマミに目が留まり、その考えを打ち消した。二重ロックだ。古いアルミサッシには無いが、最近の製品ならまず付いている。これは、他ならぬクレセント部分が無用に回転することを防ぐためのものである。

そもそも事件発覚時の〈BOOK DOWN〉は、しっかり施錠されて密室になっていたではないか。首尾よく侵入したとしても、それだけでは密室は成立しない。

古典的な糸を使ったトリックは、ミステリーに疎《うと》い私でも知っている。クレセントのツマミ部分に糸を固定し、一方の先端を隙間から外へ逃がし、屋外から引っ張って回転させ施錠するというものだ。

糸を通す隙間をどうするかという問題もさることながら、どうやって証拠を残さず糸を回収するかというのが最大のネックだという。荒唐無稽な方法はいくつか発表されているが、現実的にはかなり難しいようだ。二重ロックまで掛けるとなるとなおさらだろう。

私は頭を振って役に立たない考察を打ち切り、身繕いをして洗面台へ向かった。漫然と手を洗い、ついでに冷たい水で顔を洗った。

その刺激のせいか、頭の中に電撃が走った。

瞬間、先ほどの貼り紙の両面テープとクレセント錠が結びついたのだ。

急いで手を拭くと窓の方へ戻った。

サッシをガタガタさせてクレセント錠を回転させることができないなら、クレセント錠のユニットそのものが取れてしまえばいいのではないか。

つまり、ユニットをサッシに固定しているネジを外し、代わりに両面テープで貼り付けて偽装しておき、後で外から対になる引き違い窓をスライドさせてユニットを落とすのだ。我ながら天才的な閃きだと思った。

しかし、引き違い窓を眺めながらしばらくその動きを頭の中でシミュレーションしていると、それが無理なことだと気が付いた。

クレセント錠のユニット自体がブラブラしていたとしても、対になる引き違い窓の〝ウケ〟であるフックにしっかり食い込んでいる以上は、それがつかえて引き違い窓は動かないのだ。

何が〝天才的な閃き〟だ。私は自分を嗤った。文系はこれだから困るのだ。機械的直感がすぐに働かない。よほど考えてやっと気が付くといった体たらくなのだ。

窓を眺めていたら、社内用サンダルをつっかけた社員らしき若者がパタパタと入ってきた。まずい。変な人だと思われる。私は社会の窓《チャック》を閉めるポーズをし、もう一度洗面台で手を洗った。若者は個室に入っていった。

私はトイレを出て、エレベーターホールへ向かった。ボタンを押すとすぐに箱が到着した。ドアが開くのを待つ。

スライド式のドアが開いた瞬間、再び私の頭の中に電撃が走った。先ほどよりも強烈な電撃だ。

私は閃いたアイディアをすぐに確かめたくなった。怪訝《けげん》そうな顔の人たちに頭を下げてエレベーターをやり過ごす。急いでトイレに取って返す。

しかし、先ほどの若者が個室に入ったままだ。もし、私がまたトイレにいるところを見られたら、決定的に変な人になってしまう。

水が流された。ロックが外される。若者が出てくる。

私は咄嗟《とっさ》に隣の個室に飛び込んだ。

若者が手を洗い、出て行くパタパタという足音を確認すると、私はそっと個室のドアを開けて外に出た。

素早く窓に近付く。クレセント錠に手を伸ばした。ロックを外し、クレセントを回転させて解錠する。

両の引き違い窓をそれぞれ全開にし、位置を入れ替えた。すると、クレセントを引っ掛ける側の〝ウケ〟の部分が現れた。

ウケの金具は引き違い窓に三つのビスで留められていた。やはり思ったとおりの構造だ。

私は頭の中で何度もシミュレーションを繰り返した。

いけるかも知れない。

密室が成立するかも知れない。

実験してみないと本当のところは判らないが、さすがにここでやるわけにはいかない。

確か私の事務所のトイレも引き違い窓で同じようなクレセント錠だったはず。実験はそちらでしてみよう。私は急《せ》き立てられるように頌叡出版を出た。

途中のコンビニで両面テープを買い、西新宿の事務所に戻ったのは三五分後だった。抽斗から取り出したドライバーセットを摑むと、トイレに飛び込み、作業を開始した。


二時間が経過した。

結論から言うと、私が考案したトリックは五〇パーセントだけ成功した。

つまり、侵入するところまではシミュレーションどおりだったのだ。

だが、施錠がなかなかできなかった。クレセント錠のウケ金具のネジを全部外してしまったのが敗因だった。

その失敗が無ければ二〇分で終わるはずだったが、クレセント錠を元通りに回復させ、何事も無かったように装うのにさらに一時間半を要したのだ。

つまり、二〇分格闘したがどうしてもピンセットが必要になり、近くの〈パークタワー〉にある百均ショップで買ってくるも、二〇分作業した末に強力な小型磁石が不可欠だと判り、再びパークタワーへ行って入手、もう二〇分の作業でようやく元通りのクレセント錠に戻ったのだ。

思い出すだけでも汗が出る。

クレセント錠の構造を理解し、最初から手際よく作業していれば、先の余計な仕事はまったく必要ないのだ。それさえ気を付ければ一〇〇パーセント、シミュレーションどおりとなる。

つまり、完璧な密室が出来上がる。

私はスマホを取り出し、石橋の電話番号を表示した。

しかし思い直した。

紙屋が本業でもない建具を弄ってトリックを思いついたからと言って、相手にしてくれるだろうか。そもそも現場が私の思い描いたような状態であるとは限らない。

いつものように実地調査をするべきだろう。それから連絡しても遅くはないはずだ。

私はスマホを仕舞った。

9

二日後の底冷えのする土曜日。休日の午前中だが、私はいつものスーツにいつものトレンチコートを羽織り、三鷹の自宅を出た。現場検証をするのだ。中央線と横浜線、そして田園都市線を乗り継ぎ、一時間あまりですずかけ台《だい》駅に降り立った。道中、手慰みで弄っていたトランプを揃えて懐に仕舞う。

車ならずっとシンプルなルートで、しかも人混みを避けられるのだが、あいにくアヴェンタドールは今の私の手には無い。

駅の西北に東京都町田《まちだ》市すずかけ台の住宅地が広がるが、線路を渡って駅のすぐ南東側は神奈川県横浜市に入ってしまう。駅前には〈東京工業大学すずかけ台キャンパス〉がデンと鎮座するが、それ以外にはこれといって目立った建物が無く、冬空の下ただ埃っぽい殺風景な眺めが広がっている。

跨線橋《こせんきょう》の近く、坂道に囲まれた複雑な起伏を見せる三角地帯に、くだんの店〈ＢＯＯＫ ＤＯＷＮ〉北横浜店はあった。

すずかけ台の住民と東工大生に向けての店舗であろう。屋根の上には子供の頃に見た覚えのある台形の看板が載っかっており、〝本・ＤＶＤ・ＣＤ〟と大書されている。元は違った店舗を居抜きで利用しているのが判った。それなりの築年数だろう。

店は事件があったことを忘れたかのように、全くの通常営業だった。図書館のような公的施設と違って、呑気《のんき》に休むつもりはこれっぽっちも無いということだ。

私は紙屋手帳とペンを取り出し、それぞれ両手に持った。私を見る人が刑事か事件記者と勘違いしてくれることを期待したのである。そのためのスーツとトレンチコートでもあった。これも一種の〝コスプレ〟だろうか。

まずはぐるりと敷地内を見回した。東側に三〇台ほど入る駐車場。防犯カメラはどこにも無い。きっと「駐車場内での事故については一切責任を負いかねます」とどこかに書いてあるのだろう。西側に二階建ての店舗。エントランスは北側だ。

入店する。

目の前に即席の立札があり、「危険物・不審物を見かけたら、すぐに店員にお知らせください」とある。唯一これが事件の痕跡を思わせるものだった。

その裏側には背の高い本棚がズラリと並んでいた。他のチェーン店と同じ景色である。土曜日だけあって店内は家族連れで混み合っていた。小さな子供たちが追い掛けっこをしている。

新刊棚は入ってすぐの所。防犯カメラは通路ごとに一台ずつ天井からぶら下がっている。レジは右手、トイレは左手だった。

早速トイレに向かう。男女のそれと多目的トイレが並んでいる。私は男子トイレに入った。窓を見る。思っていたよりずっと小さい。大の大人が忍び込もうとしたら、相当苦労しそうだ。痩せた小柄な人物ならあるいは……。

窓の造りは果たして引き違い窓で、鍵はやはりシンプルなクレセント錠だった。二重ロックも付いている。手を伸ばし掛けて、急いで引っ込めた。今は眺めるだけにしておく。

サッシに糸を通せるような隙間は見当たらないし、壁に穴は無い。クレセントのツマミにセロテープが残っているということももちろんない。当然、警察は検証済みだろう。

磨りガラスの向こうには格子の影が見える。無論、防犯のためだ。窓の外はやや薄暗い。位置的には裏の坂道の擁壁に面しているのだろうか。

私はトイレを出ると、次に多目的トイレを確認した。そちらには窓は無かった。店内に戻った。そのままエントランスへ向かおうとして、ふと思い立ち、外国文学の棚へ行く。カドクラ出版で紙調べを中断した『人形の家』の単行本を探したが、あいにく置いていなかった。

エントランスを出ると右手に折れ、さらに右手に折れて裏手に回った。窓の外はやはり建物と擁壁に挟まれた狭い空間になっていた。人が潜んでいたとしても見つかりにくそうだ。

身体を横にし、苦労してトイレの窓に近付く。磨りガラスに顔を近づけないよう気を付けた。窓枠には確かに黒い塗装の格子が嵌《はま》っていたが、古いタイプなためビスは見える位置にあり、外すことは可能なようだ。外して侵入し、また元に戻したのだろうか。

地面はひび割れたコンクリート。足跡や台の跡は残りにくそうだが、実際はどうだったのだろうか。

隙間から抜け出ると、私はギョッとした。そこに無言で人が立っていたのだ。青いシャツの胸に名札。従業員だ。痩せたメガネの若い男性である。

「ご苦労様です」と、咄嗟に私は言い、紙屋手帳を振って見せた。

すると店員も「ご苦労様です」と返した。

私はメモを取るフリをしながら歩き出し、エントランスの前を悠々と通過、建物の左手に回った。店員も距離を置きながら黙って付いてくる。

建物の左端にはドアがあった。従業員の通用口だ。近付くと暗証番号式のロックが付いていた。間違いない。

私は指差確認し、メモを取った。

踵《きびす》を返すと、敷地の出口へ向かった。振り向かないまま敷地を出て、坂道を下った。寒いのに冷や汗が出た。

やっと坂の下に着き、振り仰いだ。すると敷地の端にさっきの店員が佇んで、こちらを見下ろしていた。

不意に店員が素早い動作で挙手注目の敬礼をした。私のことをどうやら事件記者ではなく警官の方だと思っていたようだ。

私も慣れた手付きで敬礼を返した。


駅へ向かって歩きながら石橋刑事のケイタイに電話を入れた。土曜日だからダメ元と思ったが、やはり留守電になっていた。かけ直す旨を吹き込む。

だが、二分後に石橋は折り返してきた。私は駅の近くの公園に入り、冷たいベンチに腰を落ち着けた。

「はい、渡部です」

「どうした」

「密室トリックが判った、と思います」

「何かと思えばまたその話かね」石橋は億劫《おっくう》そうに答えた。

無理もない。ただの紙屋が、警察でも解けなかったトリックを暴いたと言うのだ。いや、そもそも警察は〝密室〟だと認定すらしていなかった。

しかしクレセント錠の仕掛けを詳しく話し始めると、石橋の返す声が少しずつ真剣味を帯びてきた。

「すずかけ台の〈BOOK DOWN〉も見てきましたよ」

石橋が呆《あき》れて言った。「おいおい、それはやり過ぎだろう」

「仰るとおりです」と、私は認めた。「でも、両面テープのノリでも残っていたらビンゴ！ですよ」

「そこまでは、言われなくてもわかってる」

「それは失敬」

「何も触らなかっただろうね」と、石橋は疑《うたぐ》り深そうに訊いた。

「その辺は心得ています」

石橋は、捜査員を手配してみると言って通話を切った。

私はすずかけ台駅に戻り、田園都市線の上りに乗り込んだ。

10

週明け。事務所に入るや否や石橋から電話がきた。

「いや、お宅の言ったとおりだったよ」

「やはりそうでしたか」

「ご協力に感謝する。ではな」

「ちょ、ちょっと待ってください」私は慌てて引き留めた。「もう少し詳しく教えてくれませんか。ヒントを提供したのは私なんですから」

「仕方がない。くれぐれも口外無用だぜ」石橋は一つ咳払《せきばら》いをした。「――くだんの店の一階トイレの窓を調べたところ、同様のクレセント錠だったよ。もちろん男子トイレ、女子トイレの両方を確認した。まさにビンゴ！だ」

「やはりね……」私は揚々と言った。

「どっちのトイレだったたと思う？」

「女子トイレですか」

「なぜわかった」

「そりゃあクイズにされたら意外だと思う方を選びますよ。——ということは犯人は女ですか」

「男が女子トイレの細工をした可能性もゼロではない」

「でも、男が女子トイレにいるところを一瞬でも見られたら大騒ぎですよ。そんなリスクを冒しますかね」

「女装していたかも知れない」

「そんな手間ヒマをかけるなら、はなから男子トイレにすべきでは」

「まあ、そうだな。——だが、うちらはあらゆる可能性を考慮しなければならない」

「それはご苦労さまです」

だが、犯人が女性だとしたら本当に予想外だ。「グリコ・森永犯」や乱歩の『怪人二十面相』からの連想で、勝手に男性の犯行だと思っていたからだ。

石橋は続けた。「で、ウケ金具を外してみると、女子トイレの窓のそれに両面テープの粘着剤が残留していた」

「あれを完璧に取るのはなかなか大変ですからね」

「鉄格子にも微かだが最近いじった痕跡があった。窓はかなり小さいが、小柄な女なら通れるのではないかと思う」

「やはり女だと見ているんですね」

石橋は一瞬黙り、そして言った。「くれぐれも口外はしないでくれよ」

「了解です」

私は通話を切った。

犯人像として女性の可能性が付け加えられた。と同時に、橋本の可能性は下がったことになる。また、小柄な女性なら通れる窓ということは、男としてもかなり大柄だと言われる橋本には到底無理だろう。

大きな前進だった。


二日後。頌叡出版の神崎から電話があった。

「総務によると、弊社のコピー用紙はここ五年ほど変えていないとのことでした」

やはり頌叡出版内の複写物ではないようだ。

私は言った。「では橋本さんは、どこであの紙片に指紋を付けたんでしょうかね」

「ああ。そうしたら、またご足労ですが、本人に直接訊いてやってくれませんか。本人も渡部さんに一言お礼を言いたいそうですから」

「そうですか。では近々また伺います」

私たちは日時を摺《す》り合わせ、また二日後に訪問することに決まった。

神崎に連れられて現れた橋本は、想像以上に巨漢だった。身長は一九〇センチ近くあるという。

私に対する礼の言葉を繰り返してから、おもむろに話し始めた。「担当作家に手袋をしている人はいません。指抜きグローブをしている先生は一人いますが、それでは指紋が付きますよね」

私は頷いた。「確かに付きますね」

「あと、コンビニのコピー機も自宅プリンターも仕事に使ったことはありません」

「では、何らかの理由で社外のゲラを扱ったことはないですか」

「昔の話ですが」と、橋本は話し始めた。「学生時代に蒐楽社の文芸編集部でバイトしていたことがあります」

「それは初めて聞いたわ。確かにだいぶ前の話だなあ」と、神崎。

「まあ、あんまり喧伝《けんでん》するもんじゃないすからね……」

思いがけず蒐楽社の名が出た。

「なるほど、学生時代から出版業界に興味があったということですね」と、私。

「そのとおりです。あそこの入社試験も受けましたが、落ちました。それで今の会社に拾われたというわけです」

「昔というのはいつ頃？」と、神崎が代わりに訊く。

「三年生から四年生の卒業までだから、五年前からの二年間です。しかしそんな頃のことが関係あるんですかねえ」

「あるかも知れません。――ゲラにはどのように関わりましたか」と、私は訊いた。

「社員編集の下に付いていたので、その人の指示でゲラのコピーをしていました。その社員が各作家へ宅配便で発送していましたね。今の会社の社員になった時はバイト君に頼めるかと思ったけど、自分でやる習わしになっていてギャフンですよ」

「ギャフンとは古いな」と、神崎。

「それだけゲラを大切にしているということですよね」

「それはまあ、確かに」

「ということは、蒐楽社での作業で紙片の基となったゲラに指紋が付いた可能性があるわけですね」

「はい」

私はカバンから、午前中に蒐楽社の資材課から受け取った注文書の原本を取り出した。ＰＰＣ用紙を裏返して確かめる。これも再生紙ではない。

「これは今現在、蒐楽社で使われているＰＰＣ――コピー用紙です。例のゲラは再生紙でしたが、これは違う紙ですね……。その頃の蒐楽社のコピー用紙がどんな紙だったか覚えていますか」

「さすがにそこまでは……。ただ、当時の社長が環境問題に関心が強くて、何かとエコ製品を使いたがるのでコストが掛かるという話は聞いたことがあります。僕が辞める頃にちょうど社長が代わりましたが」

「ということはつまり、当時、再生紙のコピー用紙を使っていた可能性があるということですか」

「少なくとも三年前までは……」

なるほど。社長の交代で高い再生紙を取り止《や》めてコストダウンを図ったということか。ゲラが蒐楽社の物だった可能性が一層強まった。

「では、どんな作家にゲラを送ったか覚えていますか」

「それはよく覚えています。上条哲夫《かみじょうてつお》先生、奈加元高貴先生、山田ひゐろ先生——」

橋本はざっと一〇人ほどの作家名を挙げた。

「その中で、いつも手袋をしている人の心当たりはありますか」

「いえ……バイトは直接、作家に会ったりしないからわからないです。今は担当していない人ばかりですし」

「なるほど……」

私は蒐楽社を訪れた時のことを色々と思い出していた。もちろん、今挙がった作家たちの姿を漏れなく目撃したわけではないが、何人かは見た覚えがあるのだ。新しい記憶から再生していく。

　確か、奈加元は蒐楽社でエレベーター操作をしてくれた高名作家のことだ。高級そうな革手袋をしていた。しかしこの季節だ、防寒として嵌めていただけだろう。

　それに、女性の可能性が高いはずではなかったか。

　さらに記憶を辿る。

　編集者と険悪なムードになっていた小柄な中年女性がいた。確か〝山田先生〟と呼ばれていた気がする。もしかすると山田ひゐろのことだろうか。彼女は白い手袋をしていた。

　今にして思えばあれは防寒用ではない。警備員や美術鑑定士などがよく着けているタイプだ。私もたまに使ったりする。

　山田ひゐろは普段から白手袋をしていた可能性が高い。だから校正の時もしていたのではないか。その推理を口にしそうになったが、まだ決め手に欠けているので引っ込めた。

　私は言った。「ちょっと心当たりがありますが、まだお話しできるレベルではありません。が、もしかしたら近々朗報をお伝えできるかも知れません。しばらく時間をもらえませんか」

「本当ですか！」

　橋本と神崎の表情が明るくなった。

「頼りにしています！」

「頑張ります。ではそろそろ……」

　私は二人の期待を背に、頌叡出版を後にした。

11

　山田ひゐろの著書を読んだことはなかった。どんなものを書いているのだろうか。スマホでネット検索し、プロフィールを探し当てた。

　現在四九歳、独身。実家が建具屋だったことから、一〇年ほど前に建具屋の高校生の娘を主人公にした推理小説を書いて蒐楽社主催の新人賞に応募、見事入賞を果たす。以降、同社の『建具屋探偵シリーズ』が当たり、人気作家になったという。現代の若い女性の生活を描くため、マクドナルドなどで女子高生たちの会話に聴き耳を立て、参考にすることが多い、とある。

　建具に詳しいらしい。

　ということは、先日私が組み立てたトイレの窓のトリックも考えていたかも知れない。蒐楽社で確かめてみようか。

　いや、下手をすると蒐楽社の不利益に繋がりかねない。憶測を基に根掘り葉掘り訊くわけにもいかない。どうしたものか。

ＳＮＳで山田ひゐろを確認してみた。

すぐに現在の筆名でツイッターのアカウントを発見。覗いてみると、著書の告知のみという味気無さだった。トップに固定されたツイートは三年前の作品の刊行情報だ。

続いてフェイスブックとインスタグラムを検索。それらにはアカウントは無かった。

さて、次に打つ手は――。

そこで国際紙通商の〝見返り王子〟こと斎藤を思い出した。蒐楽社の文庫を担当している彼なら裏事情にも詳しいはずだ。

見返りを用意して、情報を引き出してみるか。彼のこと、その辺はドライなやり取りができるはずだ。

夕刻、定時前に国際紙通商に電話を入れると、斎藤は席にいた。

「斎藤さん、ちょっと訊きたいことがあるんですが」

「ああ。もちろんいいよ。で、見返りは？」

いつものパターンだ。例の推理クイズを何とか当てて、その賞金を回せば……。

「現ナマでどうですか」

「いいねえ、ディール！」

即決だった。

「いや、額面を訊かないんですか」

「細かいことはいいんだよ。――で、何が知りたい？」

薄々感じていたが、斎藤はギブ&テイクというマナーに厳格なだけで、その内容はたいして問題にしていなかったのだ。

「蒐楽社の山田ひゐろ先生の本の紙って担当していましたか」

「ああ、単行本も文庫も担当したよ。もちろん全部読んでもいる。元々ミステリーは理屈っぽくてあまり好きじゃないから、義務的にだけどね。――そういえば、先日も蒐楽社で本人を見掛けたなぁ。ちょっと揉めてたみたいだけど」

揉めてた――たぶんあの時のことだろう。白手袋の中年女性がそうだ。やはり斎藤は山田ひゐろの顔も知っているのだ。

「蒐楽社ではよく見掛けるんですか」

「昔はちょくちょく見たけど、この間はだいぶ久々だったかな」

「斎藤さん、山田ひゐろ先生について色々詳しいですか。――つまり、周辺事情についてとか」

「うん、まあまあ詳しい方じゃないかな。蒐楽社でも色々話を聞いてるし」

やはり脈がありそうだ。

「そうですか。――ちょっと込み入った話なんで、近々外で会えませんか。奢《おご》りますよ。ただし複数の質問をパックにさせてください」

「え、奢り？　いやぁ、早速だけど今日これからでもいいよ。カミさんが飲み会に行くっていうから夜は外食なんだ」

「そうですか！　それはちょうどよかった」

「え……本当にいいの？」

「行きましょう」

　集合場所と時間を決めると、帰り支度をして私は事務所を出た。

　私たちは国際紙通商最寄りのＪＲ御茶ノ水《おちゃのみず》駅近くの書店の前で待ち合わせ、斎藤の行きつけだという隠れ家居酒屋に入った。

　戸の閉まる個室に陣取る。まずは酒の熱燗《あつかん》で乾杯した。

　私はすぐに口火を切った。「早速ですが、山田ひゐろ先生って白手袋をしている人ですか」

「ああ、そうだよ。いつもシルクのやつを着けてるね」と言って、斎藤はお通しの枝豆を口に放り込んだ。

「あれは防寒のためではないですよね。――なぜしてるか知ってますか」

「ええと……確かナントカっていうアレルギー性の皮膚病だって聞いたことがあるよ。実家の工場で使っていた溶剤だか薬品だかの関係だって」

　皮膚病か。やはりそれで、ひゐろは日常的にシルク手袋を装着しているのだ。そのせいでゲラに指紋が付かなかったのに違いない。

「それで合点がいった」私は思わず呟いた。

「え、何の合点？」

「いや失礼、こっちの話です。――先日、蒐楽社で揉めていたというのはどういうことなんですか」

「ああ、編集さんと新作の件で意見が合わなかったみたいだね。プロットがどうとか聴こえてきたよ。ここのところ新刊はご無沙汰だなあ。ざっと三年くらいは用紙発注が無いね。『建具屋探偵シリーズ』の文庫の重版見本もしばらくもらってないから、増刷もしてないいんじゃないかな。昔はめちゃくちゃ人気があったんだけどなあ」

文庫の重版分の印刷用紙は、たいてい週ごとに複数のタイトルがまとめられて総量として発注されるから、その時点で内訳はわからない。しかし印刷されて見本が届けば、どのタイトルが増刷されたかがわかるのだ。

つまり、ひゐろは数年前から本の売れ行きが悪く、スランプにも陥っていて次作のプロットがなかなか完成しないらしい。そのフラストレーションが犯行に走らせたのか……。

直近のゲラでも三年前の物になる。収入も減り、倹約生活であると想像されるから、そうした紙も大事に使っているのだろう。それを犯行に利用したとしたら……。

「お刺身の盛り合わせと焼き鳥の盛り合わせになります」と、私の黙考を破るかのように店員が戸を開けて言った。

料理を受け取りながら、ふと思った。〝盛り合わせになります〟の〝～になります〟とはどういう意味なのだ。いつそれに〝なる〟のか。では、〝なる〟前はいったい何だったのか。

そこで一つの回路が火花を上げて繋がった。

〝カミ人30面相〟に〝なる〟前は、実際に〝紙人32面相〟だったのではないか。

蒐楽社であの時、私と斎藤と糸井は〝紙人32面相〟について噂話をしていた。その時ひゐろは近くにいたはずだ。例のマクドナルドと同様に、私たちの話を立ち聴きして、それを参考に〝カミ人30面相〟を創出したのではないか。

そうでなければ、紙業界人以外の人間が〝紙人32面相〟を引用することはないし、懸賞クイズが発表された時期と図書館事件の時期が重なる偶然もないはずだ。

私と斎藤と糸井は、回り回って共犯にされていたことになる。もちろん命名に関するその一点のみではあるが。

これで、ひゐろの犯行であることがますます濃厚になってきた。だが、石橋らを動かすにはまだ材料が足りていない。

「他に知りたいことは？」と、刺身を口に運びながら斎藤は言った。

「そうですね……山田さんの住所は――さすがに判りませんね」

斎藤は嗤った。「そりゃそうさ。紙屋に作家の個人情報なんか教えるもんか」

「ツイッターも覗いてみましたが、告知情報だけでした」

「いや——それなら裏アカを知ってるよ。結構プライベートなことを載せていたと思う」

裏アカウントのことか。さすがは斎藤だ。

思わず訊く。「どうやってそんなことまで知ったんですか」

「え、そこ訊く？　そこは企業秘密だから別料金になるけど」

私は肩を竦めて言った。「ではいいです。裏アカだけ教えてください」

焼き鳥の串を咥《くわ》えて頷くと、斎藤はスマホを操作した。ＬＩＮＥの〝メディアティーク資材調達グループ〟の私との個別トークルームにアカウント情報を貼り付けてくれた。

私はその場でひゐろの裏アカである〝だーやま〟にアクセスした。ざっと見ると確かに行きつけの店や料理の画像が多くアップされている。

その中で、〈新宿ゴールデン街〉のある店の様子が何度か紹介されていた。酒瓶の並んだ棚、木製のカウンター、天井から吊るされた飛行機の模型、乾きものの瓶。本がびっしり並んだ棚。壁の映画ポスターやチラシ……。

店の名は〈ちがった空《そら》〉だった。

アップされた曜日はバラバラだ。決まった習慣がないのか、単に書き込む日がズレるだけなのかは判らない。

私は時計を見た。これから寄るには時間の余裕が無かった。

鼻の頭が赤くなった斎藤は欠伸《あくび》をした。「眠くなったよ……」

「ではそろそろ……。斎藤さん、ありがとう。大いに参考になりました」

「——こんなんでいいの？」

「充分です」

「ところで、なぜ山田ひゐろのことがそんなに知りたかったの」

当然の質問だろう。

「教えてもいいですが、見返りは？　そうだ、割り勘にしてくれたら話します」

「ちぇっ。じゃあいいや」と、舌打ちからの大欠伸。

たいして興味は無いようだ。

私たちは引き揚げることにした。

店を出て、並んで御茶ノ水駅へ。斎藤は総武線の上りに乗ると言って改札を入って行った。

私はふと思い立ち、踵を返して書店に入った。文庫棚へ行き、山田ひゐろの『建具屋探偵シリーズ』の第一巻を買い求めた。中央線特別快速の下りに乗ると、吊革に摑まって読み始めた。

連作短編集だ。一話が短く手軽に読める。奇想天外なオチは無いが、どれもリアルな知見に基づいたトリックだった。

地味だとも言える。タイトルに反して、謎解きよりも登場人物たちの身の上の問題がメインのようだ。社会派ミステリーとでもいうのだろうか。

帰宅後も読み続け、就寝前には読了してしまった。

12

翌日。午後五時過ぎに仕事を終えると、私はひゐろの文庫本をトレンチコートの内ポケットに入れ、徒歩で〈新宿ゴールデン街〉へ向かった。都庁の近くで地下道に入り、そのまま新宿駅を突っ切り、〈紀伊國屋書店〉の下を通って裏側に出た。そこからはすぐだ。

ゴールデン街は戦後の闇市を起源とする安造りの呑《の》み屋街だ。多くの文化人やメディア関係者が集うエリアとしても知られる。ひゐろもそうした一人なのだろう。

目的の店は区画に入って二本目の小路の真ん中辺り、その二階にあった。

狭く急な階段を上がり、ドアを開けて店内に入る。サクソフォンの曲が耳に流れ込んできた。ざっと見回す。ひゐろのツイッターにあった画像のとおりの景色だ。

時間が早かったせいか、客はまだいない。カウンターの奥に座っていた年配の店主が立ち上がった。背は低い。両肩に当て布のあるオリーブ色のセーターを着ていた。薄くなった白髪をぴっちりとオールバックに撫で上げている。六十代半ばほどだろうか。

「いらっしゃい」

「こんばんは」

促されて、カウンターの端、窓際の席に座る。店主が私の前にコースターとミックスナッツの小皿を置いた。

「何にしましょう」

「アイリッシュ。お湯割りで」

「ジェムソンでいいですか」

私は頷いた。カウンターの上に目をやると、ひゐろの著書が積んであった。

「こちら、山田ひゐろさんが見えるお店と聞いて来ました」

「ええ。ちょっと応援してるんですよ」と、お湯割りを置きながら店主は言った。

ひゐろと店の関係はかなり深いらしい。さらなる情報が得られそうだ。

私は文庫本を取り出して掲げ、言った。「ご本人はよく来るんですか」

「月一回、最終木曜日に来ます。——ランニングが趣味の人なんですが、この近くでファンの人が整体院をやっていて、ロハで脚のマッサージをしてくれるとかで」

「そういうファンがいると便利だ」

「いや全く」

私はお湯割りを口に含んだ。アルコール混じりの蒸気が鼻に抜けた。

「最終木曜日は明後日《あさって》か……」

「サインをご所望なら預かりますよ」

「いや、自分でもらいますよ。職場がここから近いのでね」

店主は頷いた。私はお湯割りを啜る。

探りを入れてみる。「最近、新刊が出ないですねえ」

古いシリーズ物の一巻を持参した男が最新作の話題を持ち出すのは奇妙なはずだが、店主はそんなそぶりは見せなかった。

「ええ、残念です。ちょっとスランプのようで」

「何か悩んでいることでもあるんですかね」

「結構気にしいな人でね。作品を酷評されるたび落ち込んでいましたよ」

「図書館について何か仰っていませんか」

店主がついと顔を上げ、私の方をチラリと見た。妙な反応だ。

何かを知っているのか。

しばらくの沈黙。

やがて店主は、意を決したように言った。「――図書館と、あと古書店ですね、よく言ってました、営業妨害だって」

「営業妨害……」

確かに購読せずに図書館で借りれば作家の利益にならない。販売機会を逃したと言える。図書館の数は全国で三千館ほどと言われている。ある作家の一つのタイトルが各館漏れなく入っているとして計三千冊となる。販売部数にカウントされるのだから、売る側としてもこれはこれでありがたいはずだ。

だが、週に一回ずつ借りられたとして、年間五十回、つまり一館について五十人の購買者を逃すことになる。単純計算で全国で年間一五万人という数字だ。

だが、もちろん全館漏れなく在庫があるとは限らないし、毎週必ず借りられているとも限らない。

また、借りたからといって同じ本を絶対に買わないとは言えないし、逆に好印象を持てば同じ作家の他作品を購読する場合もある。あるいは家族や知人に勧めて購読層が広がる可能性だってある。やはり単純計算はナンセンスだ。

ともあれ、ひゐろが図書館に対して反感を抱いていることが判った。行きつけの店も押さえた。調べる対象として材料は充分だろう。

ドアが開き、新たな客が入ってきた。

「いらっしゃい」

店主はもっと何かを知っているはずだ。私が来店した目的も勘付いたかも知れない。ひゐろに伝えるだろうか。だとしたら一刻も早く石橋に連絡しなければ……。

私はお湯割りを飲み干した。

「そろそろお暇します」

「またどうぞ」

店主が驚くほど安い料金を言い、私は払った。店を出る。

〈四季の路《みち》〉を歩きながらスマホを取り出し、石橋の電話番号を表示した。が、ふとその手を止めた。

悪いことをしたとはいえ、悩める作家をたやすく警察に引き渡していいものか。考えるだに胸がチクチクと痛む。やはり私も出版の側の人間なのだ。

「またどうぞ」か……。本人に会ってからでもいいのではないか。もう少し確信を得るまで時間を掛けても大罪ということにはならないだろう。

私はスマホを仕舞い、新宿駅へ向かった。

13

木曜日。今にも雪が降ってきそうなどんよりした空模様だった。

私は終業後に再び、ひゐろの文庫本を持ってゴールデン街の〈ちがった空〉へ向かった。

今回も客は私が最初だった。トレンチコートを脱ぐ。

「おお、またいらっしゃった」

スツールに座って一言。「いや、サインをね……」

店主が頷いた。「お湯割りでいいですか」

覚えていてくれた。湯気の上がるグラスと柿ピーの小皿を受け取る。

間もなく、店主が予告したとおり、ひゐろが現れた。

蒐楽社で見たあの中年女性だ。髪は赤く染めたベリーショート。古そうなグレーのベンチコートを着ていた。白手袋を嵌めた手にはマクドナルドの袋を提げている。今日もネタの収集をしてきたのだろうか。

「寒い寒い。ケンジさん、ごぶさた！」

「お客さん、持込みは困りますねえ」と、ケンジと呼ばれた店主がおどけたように言う。

「だってここ、乾きものしか無いじゃん」

ケンジが肩を竦めてみせ、棚から焼酎のボトルを取った。丸いグラスに酒を注いで出す。ストレートだ。

「脚のマッサージもしてきたの？」

「うん、ついさっき。——今日の午後は一〇キロ走ったからカロリー摂らなきゃ」

ひゐろはコートを脱いでハンガーに掛けた。下は黒いトレーニングウェアだった。身体にぴったりしており、スリムさが際立っていた。私は、ひゐろがその姿で夜陰に紛れて疾走し、〈BOOK DOWN〉の小さな窓から中へ滑り込む姿を想像した。

ひゐろはマクドナルドの袋からフライドポテトとチキンナゲットを取り出した。カウンターの爪楊枝《つまようじ》入れから一本抜き、それでポテトを取って食べた。手袋を汚さない用心だろう。

後を追うように焼酎を口に含む。

「こちら、読者の方だそうで」ケンジが私をひゐろに紹介した。

「それはそれは」ひゐろがこちらを見て、ナゲットの箱を差し出した。「よければどうぞ。まだ温かいよ」

「どうも」私も爪楊枝を使ってナゲットを口に放り込んだ。

急いで口の中の物を咀嚼《そしやく》し飲み下してから、文庫本を差し出した。サインを所望する。

ひゐろは嬉しそうだった。

「〝建具屋〟の一巻ね」

「にわかですみません。とても面白かったです」

「ありがとさん」ひゐろが文庫本を開く「あいにく今日は落款《らつかん》を持ってなくてさ……」

「いや、サインだけで充分です」

「どこがいい？」

「では、大扉で」

〝扉〟とは書籍の本編に入る前のページのことで、小説本なら物語のタイトルが入っている。特に表紙をめくった一番最初のページを〝大扉〟といい、書籍そのもののタイトルと著者名・出版社名が大きく印刷されている。

文庫本の場合は〝見返し〟が無いことがほとんどなので、私は〝大扉〟にサインを入れてもらうことにしたのだ。ただ、印刷文字とサインがカブってしまうことや、裏にサインが透けてしまうのを嫌う人は、表紙の板紙の裏にサインを入れてもらうことがあるという。

「宛名は？」

「ではこちらで」と、私は間伐材活用ペーパーを使ったエコ名刺をカウンターの上に置いた。

ひゐろはそれに目を近付けて読み上げた。「渡部圭《けい》さんね。――渡部紙鑑定事務所、紙鑑定士、紙営業士……へえ」

私が差し出したサインペンを受け取って、ひゐろは扉ページにすらすらとサインを書き入れ、寄越した。

「〝紙鑑定士〟の方は自分でそう名乗っているだけで、単なる屋号です。〝紙営業士〟というのが正式な資格なんです」

「ふうん。それってどういう――」

「例えば持ち込まれた紙のサンプルを調べて、メーカー、銘柄、米坪を推定します」

私はいつもの営業トークを開始した。「たいていは書籍や紙製品そのものが持ち込まれることが多いですね。私が得意とするのはやはり本です。カバー、オビ、表紙、見返し、口絵、本文、上製本なら芯ボールもですが、それらのパーツにどんな銘柄の紙が使われているかを鑑定します。場合によっては、予算に合わせて、それらに準ずる銘柄をいろいろ提案したりもできます」

「――例えばこの文庫の用紙も判るわけ？」

「ええ、もちろん。やってみますか」

「やってやって」

私は文庫本を開いた。だが、いつものような〝紙調べ〟の必要はなかった。蒐楽社文庫ほどの老舗の文庫シリーズなら、その使用紙明細は紙屋の間では既に基礎知識の部類なのだ。

しかし私は厳かに語り始めた。「文庫は継続的で全体の分量も多いですから、用紙供給が安定していないといけません。基本的に定番の物を使います。カバーは塗工紙でグレードはA2コート。黄色っぽいのでたぶん日本製紙の〈オーロラコート〉です。口絵も同じ紙。表紙は北越コーポレーションの高級板紙〈ハイラッキー・F〉ですね」

ひゐろは目を見張った。「凄いじゃん」

「本文は――」私は指先で紙を弾いてから言った。「日本製紙の〈ペガサスWX〉の六〇グラムだと思います」

「六〇グラムって？」

「米坪、あるいは坪量といって、紙一平米の重さです」

「ふーん、それにどういう意味があるんだい？」

「同じ銘柄でも原料の量を増減させることで、厚みの違ういくつかのパターンが出来ます。それらをお好みで選べるわけです。その時の目安がこの重さの単位になります」

「面白～い」と言って、フライドポテトの箱を差し出した。「はい、どうぞ」

　今度は素手で摘まんだ。

　そろそろ仕掛けてみるか……。

「因みにコピー用紙の米坪は六四グラムから六八グラムが定番です。本をめくるのと同じ感覚でめくれますね」

「ふーん、そうなの？」

「ゲラのコピーもめくり易いでしょうね」

「ゲラねえ」

「お宅には使用済みのゲラがたくさん残っているんでしょうね。裏紙には事欠かないのでは？　どうですか」

　ひゐろがピクリと肩を震わせた。

　私は一気に続けた。「巷《ちまた》を騒がせている〝カミ人30面相〟のメッセージもゲラの再利用だと言われていますよ。あれは再生紙でね。蒐楽社では三年ほど前まで再生紙のコピー用紙を使っていたそうです。あなたが受け取ったゲラは三年前のものが最後らしいですね」

ひゐろが低く唸《うな》った。「あんた……何が言いたい？」

「30面相は――あなたでしょう」

ケンジが、つと顔を上げるのがわかった。

私はさらに続けた。「私はあなたとは蒐楽社ですれ違っている。あなたは私たち紙屋の会話にお得意の聴き耳を立て、ネタを探していた。そして〝30面相〟を生み出した。――しかし、私たちもただ単に架空のキャラクターである〝32面相〟の話をしていたんですよ」

カウンターにある、ひゐろの四六判単行本を取り上げた。

「実は三二というのは、本と紙に関係のある数字でね。この四六判単行本やB6判コミックスの本文は、四六判原紙またはB判原紙一枚に三二面取れる。ということは裏表で六四ページとなる。それが一つのまとまった単位です」

「……」

ひゐろが黙っているので、構わず私は続けた。「因みに〝四六判〟というのは横四寸二分、縦六寸一分だからそう呼ばれます。そもそも明治時代に輸入されたイギリスの紙の規格である〝クラウン判〟が、既に日本で普及していた〝美濃判〟の約八倍で、今度はそれを三二分割したのが〝四六判〟という、行ったり来たりな経緯がありましてね――」

単行本をめくって最終ページを見た。「――この単行本はちょうど三二〇ページだから、六四で割ると五。つまり四六判原紙が五枚あればいいということになる」

「だから……何だって言うんだい」

「いや別に。ただの豆知識ですよ。あなたも自分の本がどういう風に成り立っているか、知りたいんじゃないかと思ったもので。――つまらなかったですか」

「ふん」

「ではこれはどうですかね。30面相ことあなたがどうやって〈BOOK DOWN〉に忍び込んだのか――」

「……」ひゐろはまた黙った。

「まずあなたは日中、トイレの窓に細工をした。クレセント錠だ。引き違い窓をずらしてウケ金具を露出させ、ネジ留めを外す。さらにウケ金具を横に抜いて、両面テープで再び引き戸に固定し直す。ネジが無いのを発見されないように、ネジ頭だけ残るように加工したダミーを嵌めておいたかも知れない。個室に潜んで、人がいないのを見計らって出てきては少しずつ作業を進めたのではないですか。スリル満点だ。そしていったん〈BOOK DOWN〉を出て、閉店した深夜に戻ってくると、トイレの格子を外し、引き違い窓を力任せに引く。するとウケ金具がクレセントに引っ掛かったまま外れて窓が開く。あなたはそのスリムな身体を小さな窓に滑り込ませ、侵入した後、ウケ金具を元通りにネジ留めして施錠する。本にカミソリを仕込んだ後、自動ロック式の通用口から普通に出る。そして格子を元に戻す。――これで密室が完成です」

「へえ……」

「しかし、私の方の実験は大変でしたよ。ウケ金具のネジを全部外したら、内側にあった牝《め》ネジ側の金属板がサッシの内側の空間に落ちてしまった。それを元の位置まで引っ張り上げて、さらにネジ留めするのは至難の業でしたよ。道具を何度も買いに行って二時間も掛かってしまった。――あれは罠《わな》ですね」

しばらくの沈黙。

ひゐろが嗤った。「……真ん中のネジだけは、外すべきじゃなかったね」

「後で判りました」

「あんた……いったい何者だい」

私は答えた。「ただの紙屋ですよ」

「完璧だわ」

「それは光栄です」

「じゃあ、こっちも豆知識のお返し。クレセント錠って、アルミサッシの密閉率を高めるために窓枠同士を引き寄せるのが本来の目的なのさ。鍵を掛けるのは二の次ってこと」

それは知らなかった。

14

「ネットさ」と、ひゐろはボソリと言った。

「ネット……」

「ネットの感想掲示板に酷評が書かれていたんだよ。ふざけやがって！——いや、それは別にいい。感想は自由さ。でも、最後に〝図書館本〟と追記されていてね。金を払いたくなければそれでもいい。金の無い人は仕方がない。わたしだって金の無い辛《つら》さはよく知ってる」酒を呷った。

「では、何が気に入らないんです」

「今頃わたしのデビュー作の四六判の単行本を読んでいるのさ」

「遅いと読んではいけないんですか。それは酷だ」

「デビュー作の単行本はね、わたしも未熟だったんで読まれるのが恥ずかしいんだよ」

「それは作家の宿命というものなんじゃないんですか」

「だから！」と、ひゐろはカウンターを叩いた。「文庫化される時にこれでもかってくらい加筆修正してね。ほぼ批判点や反省点は潰せたかなって思ってる」

「それはよかった」

「ところが、いわば完全版——まあ自称だけど——が、とっくに世に出回ってるってのに、今頃わざわざ未熟版を読んで酷評してくる輩《やから》がいる。ここが変だとか、あそこがおかしいとか。——こちとら、そんなのとっくに直してんだよ！　今頃、未熟だった部分を喧伝されると、文庫版のセールスの妨げになるんだよ！」

「……加筆修正されていることを知らなかったんでしょう。仕方がないじゃないですか」

「それが情弱ってやつさ！」と言って、ひゐろは酒を飲み干した。

「情報弱者、ですか……」

「情弱は罪！　お代わり！」

図書館を狙った理由は、思ったよりも子供じみていた。

ひゐろはグラスを差し出し、ふぅ〜と息を吐いた。

「スッキリしましたか」と、私は言った。

ケンジが酒を注ぎながらククッと嗤った。

「図書館の方のカミソリの刃は——あなたが自分で……？」水を向ける。

「……うん、自分で落としたわ。実家のグラインダーを使ってね。工場《こうば》は子供の頃からの遊び場さ。——って、よく知ってるわね。それって報道されてもいないのに。あんた、本当に何者だい」

報道されてもいないのに知っていたのは、ひゐろも同じだった。犯人しか知り得ない情報——〝秘密の暴露〟だ。

これで確定した。

「だから、ただの紙屋です。――言い分は解りますよ。紙屋としても、本が売れてくれなくては困る」

「でしょ。――でもまあ、わたしにとって、そんなのはまだ微々たること。極めつけはツイッターのリプよ」

私は呆れて言った。「まだあるんですか……」

「大ファンです！　三か月遅れですが最新刊を〈BOOK DOWN〉で買ってきました！　読むのが楽しみ！」と、ひゐろは高トーンで言い、そしてトーンを下げた。

「――だとさ」

「三か月遅れではダメなんですか」

「別に三か月遅れで中古を買うのは止めないわ。やっぱりお金が無い人はいる。でもね、作者に直に言わないでくれる？　直で言うってことは『お前の本は定価で買うほどの価値は無いんだよ、わかったか！』ってことじゃん」

それで判った。

図書館に置かれたカミソリの刃が落とされていたのに、〈BOOK DOWN〉の方は刃が残っていた理由が。怒りの強度が違うのだ。

「でも、その人はあなたのファンなんでしょう。本気でそう思っているわけじゃない」

「……かもね。つまりは想像力の欠如ってやつ。想像力の無い人に読んでもらっても、わたしゃちっとも嬉しくないわ。だってそうでしょう、深いこと書いても理解してもらえないわけなんだから」

「それはまた手厳しい」

私もお代わりを頼む。

「――川越《かわごえ》が自宅だから、軽で一六号沿いに走ってね。三都県の図書館にお邪魔したというわけよ。あちこちにいいランニングコースがあるしね。〝トレイルランニング〟って知ってる？　――千葉は逆方向で遠いからやめたわ」

ひゐろがへへっと笑う。

私は口許に持っていったグラスを下ろして言った。「あなたは、その……犯罪を楽しんでいるようにしか見えませんね」

うふふ、とひゐろはまた笑って言った。「――バレた？」

「やはり……。あなたは、自分の考えたトリックが実現できることを証明したかったのでは。――私は〝本格ミステリー〟の面白さはあまり解らないんですがね。あなたの小説を読んでいて、あなたがトリックと真剣に向き合い、また愉《たの》しんでもいるっていうのはよく伝わりましたよ。そういうことが、きっとあなたの熱心な読者には響いているんでしょうね。それくらいの想像力なら私にもある」

ひゐろはニヤリと笑った。「――まあね。というわけで、さっき並べたのは〝ホワイダニット〟の半分だけ」

「動機の半分……？」

ひゐろは酒を呷った。「真の探偵小説家の――いやさ探偵の〝心〟は犯罪者の〝心〟でもあるのさ。だから一生に一度は頗る付きの犯罪ってやつをやってみたいと思うもんよ。――まあ、ＬＡのタバコばっかり吸ってるキザで色好みの暴力的な探偵たちゃ別だけどね」

私も酒を喉の奥に流し込む。

「――ひゐろさん」

「まだ何か？」

「ゲラの〝トンボ〟はわざと残したんじゃないですか。違いますか」

ひゐろはどちらともつかぬ顔で微笑している。

「――私には刑事の知合いがいます」

「やっぱりね」

「この場で電話してもいいが、あなたの心掛け次第ではやめてやってもいい」

「心掛け？」

「そう」

ひゐろは鼻の横を指で擦った。「心掛けねえ……」

「ひゐろちゃん」と、ずっと黙っていたケンジがおもむろに口を開いた。「もしも――もしも交番に用事があるなら、そこの〈花園《はなぞの》交番〉は勧めない。三丁目交差点の

〈追分交番《おいわけ》〉がいいよ。俺が酔っぱらってサイフを盗られた時、あそこは帰りの電車賃を貸してくれた。色々と親切だ。今夜はゆっくり寝て、明日行くといい」

「そう……」と呟き、ひゐろは酒を飲み干した。「――明日が誕生日じゃなかったら、そのアドバイスは華麗にスルーだったかもね……」

「明日が？」と、ケンジが言った。「へえ、誕生日を初めて聞いた。それはおめでとうございます」

「五十の大台よ。明日って言ってもあと三〇分か……。それじゃあ、帰って独りで祝うわ。お会計！」

ケンジが金額を言い、ひゐろは払った。

「楽しい会話をありがとさん」と、ひゐろは私に言った。「心掛けってやつ、ちょっと考えてみる。あと、四六判と三二面の話、勉強になったわ」

「それは何より」

「おやすみ」

ひゐろが扉を開けて出て行った。ゆっくりと階段を下りる足音。

私はすぐに席を立つのは憚《はばか》られたが、ケンジと会話を続けるのも気まずかった。手持ち無沙汰になり、ひゐろの本を開いた。扉のサインを眺める。

扉、扉……？　何かが心に引っ掛かった。

そして突然閃いた。

扉か！

すっかり忘れていたが、『紙人32面相の紙ってる！推理クイズ』の応募締切が今夜〇時だったことを思い出した。

時計を見た。あと二〇分だ。

当初、〝未必〟を〝密室〟と読み替えて『三匹の子ぶた』と解答するつもりだったが、今、真の答えがわかった！——気がする。

これこそ〝頓智〟だったのだ。

私は慌ててスマホを取り出すと、『KAMI-ZINE』のホームページを開いた。応募フォームを呼び出し、焦って震える指先で書き込む。気ばかり急いて、ついミスタイプを繰り返してしまう。

第1問

貴社名：渡部紙鑑定事務所

御名前：渡部 圭

解答：③レオポンズマンションのチラシ

理由：『人形の家』と『三匹の子ぶた』は本なので「扉」がありますが、「レオポンズマンション」はチラシなので「扉」はありません。「扉」が無いということは、最初から密室だということになります。

Eメールアドレス：××××@××××

扉が無ければそもそも家でも部屋でもないし、出入りもできないわけだが、これは頓智問題なのだ。目を瞑《つむ》ってもいいだろう。

さて、結果はいかに。発表は来月頭に発行の四月号のはずだ。

私はもう一杯、ジェムソンのお湯割りを注文し、時間を掛けてゆっくり飲んだ。会計を済ませ、「おやすみ」と言って店を出た。

静かに雪が降っていた。時計を見た。真夜中を一分過ぎていた。

15

翌日、朝のニュースで〝自称・小説家の女〟が都内の交番に出頭したことが伝えられた。つまり警視庁の管轄だ。

ひゐろは商業作品をいくつも物しているプロの小説家なのに〝自称〟が付くということは、まだ捜査が進んでいないからだろう。恐らくひゐろは、あの後は帰宅せず、すぐに交番へ向かったのに違いない。ケンジが勧めた追分交番へ。

結局、石橋に手柄を立てさせることはできなかったが、これでよかったのだと思う。そのうち埋め合わせをしよう。

事務所に出勤した直後、デスクの電話が鳴った。相手は国際紙通商の〝見返り王子〟こと斎藤だった。

「ニュース見たよ。〝自称・小説家の女〟って——」そこで声を潜めた。「山田ひゐろだよね」

「ああ、見ましたか」

「あんたが動いたんだろ？　まさか、こういう話だったとはね……」斎藤は意地悪く言った。

「私のことは口外しないでくださいよ」

「見返りは」

「見返り？　何か情報をくれとは言っていませんが」

「ああ、それもそうか……」納得している。

「まあ強いて言えば、この電話に答えているのが見返りです」

「ちぇっ——そういうことにしといてやるよ」

斎藤が通話を切ると間もなく、再び電話が鳴った。

相手は頌叡出版の神崎だった。

「ニュース見ましたよ。〝自称・小説家の女〟って——」そこで声を潜めた。「山田ひゐろ先生のことでしょう？　まさか山田先生がねえ……」

「ああ、見ましたか」

「自首でしたが――裏で渡部さんが動いてくれたんでしょう？」

「ええ、まあ……。でも、たいしたことはしていません」

「またまたご謙遜《けんそん》を」

「いや、本当に。彼女とは一緒に酒を呑んでバカ話をしただけです」

「酒をねえ。――橋本も潔白を証明されて胸を撫で下ろしていましたよ」

「それはよかった」

「ただ、諸手《もろて》を挙げて喜んでいるとまではね……」

「そうでしょうね」

「いずれまた橋本に直接お礼を言わせます。あと、僕からのお礼と言っては何ですが――」そこで少し勿体《もったい》つけた。「案件を一つ考えています」

案件。仕事だ。

「それはありがたい！　因みに摘要《てきよう》は？」

〝摘要〟とは、発注対象となるアイテムのことである。

「『奈加元高貴 作家生活一〇周年記念冊子』です」

蒐楽社でエレベーターボーイをしてくれたあの人気作家だ。ギブ&テイクという流れではないが、こういう巡り合わせになるとは世の中面白い。

「詳細は決まっていますか」

「四六判で本文一二八ページ、Ａ２コートで」

Ａ２コートといえばまずまずの高級品だ。

「部数は？」

「二〇万部で！」

私は思わず口笛を吹いた。

どうやらツキが回ってきたようだ。

FILE：03　紙とクイズと密室と

1

二月下旬の薄ら寒さの残る夕刻。私はまたぞろ自然堂真理子を助手席に乗せて、真っ赤なランボルギーニ・アヴェンタドールを築地《つきじ》方面に向けて走らせていた。真理子の運転免許再取得に伴って一度はこのスーパーカーを返却したものの、彼女はまたしてもひどいスピード違反で捕まって、一発免停を食らってしまったのだ。

懲りない女である。

よって、短期間ではあるがまた彼女の自宅と会社間の朝夕の送迎を頼まれたのだ。昔、少しの間付き合っていた時期があり、その甘えがあるのである。

ただ、年度末が近いというのに売上げがさっぱり伸びない私にとって、この臨時収入には抗《あらが》いがたいものがあったのも事実だ。例のベストセラー作家の記念冊子はギリ来年度の刊行になっているからである。

「そういえば〝紙人32面相〟のクイズ、当選おめでとう。一〇万円ゲットね」と、不意に真理子は言った。

「ありがとう」

臨時収入といえばこちらもそうだった。例の『KAMI‐ZINE』の懸賞付きクイズの第一問に締切ギリギリで応募したのだが、見事当選したのだ。

「チラシには本のような扉が無いので、最初から密室である」という〝頓智〟の利いた理由が、ズバリ正解だったらしい。

私以外にこの理由を書いた応募者はいなかったという。かくして賞金の一〇万円を獲得できたのだ。応募フォームに記入したアドレス宛てに届いた編集部名義のメールは事務的で、賞金は来月末の振込みになると書かれていた。

思えばゴールデン街の〈ちがった空〉での閃きが役に立ったわけで、幸運というほかない。店にも、そして本の扉にサインを入れてくれた山田ひゐろにも感謝すべきだろう。

先日発行されたばかりの同誌四月号には、第一問の正解と当選者である私の名前が掲載された。だから真理子でなくとも、私の〝栄光〟は紙業界関係者、皆の知るところとなった。

「第二問も挑戦するの？」

「もちろん」

「よくあんな面倒臭いことを考えられるわね。あたしなら絶対無理」

そうだろうとも。

「現ナマに目が眩《くら》んだんだ」

「渡部君らしいわ。まあ、せいぜい頑張って」

「ああ、頑張るよ」

「——それから、頌叡出版の編集さんの冤罪が晴れた件の陰の功労者って、渡部君じゃないかと専らの噂よ」

「へぇ、そんな噂があるのか」私はしらばくれた。

「別に、あたしに隠すようなことじゃないでしょ」

「だったらそういうことにしておいてもいい」

「お陰で頌叡出版の風評も立たなくて済んだ。あたしからもお礼を言っておくわ。ありがとう」

「それはよかった」

真理子が私の方をチラと見てクスリと笑った。

「なんだよ」

「いえね。渡部君て、実はそういう仕事が向いているんじゃないかって思って」

「……さて、どうかな」

向いているかどうかは別として、より熱中しやすいことは確かだった。

「そうよ」そこで真理子がわざとらしく咳払いをした。「——ところで、あたしからも一つ報告があるわ」

「うむ」

「あたし——」真理子は一拍置いてから続けた。「お見合いをすることになったわ」

一瞬、何を言っているのかわからなかったが、強い酒のように少しずつ胃の腑《ふ》に下りてきた。

平静を装って言う。「へえ、見合いとは珍しい……」

「驚かないの？」

驚いたが、そうは言わなかった。「……ずいぶん急だな」

「何に対して急なのよ」

「いや別に」

「以前から話はいっぱいあったけど、今まで乗り気にならなかったのよ」

「今回は乗り気になったと。……で、お相手が誰かを訊いてほしいのか」

「回りくどいわね。――関西の大手紙商の長男で副社長よ。吸収合併を目論《もくろ》むうちの親の勧めでね。いわゆる政略結婚てやつよ。乗り気というより、親の顔を立てるというのが一番の理由」

だいたい相手の見当がついた。

「そうか。しかし、うまくいけば自然堂はますます安泰というわけだ」

「うまくいけばね」

「まあ、そっちも頑張ってくれ」

「ありがとう」

それきり、私たちは黙りこくってしまった。

2

築地の自然堂邸に真理子を送り届け、私はそのまま車を運転して地元三鷹に戻った。駅前のレンタルガレージに駐車する。

真理子の見合い話には、自分が思う以上に衝撃を受けていたようだ。帰宅すると、どっと脱力感に襲われた。

先に入浴を済ませ、コンビニ弁当で簡単に夕食を終えるが、まだ真理子のことが頭にこびりついていた。

それを振り払うため、事務所から持ってきた『KAMI‐ZINE』四月号を広げた。〝紙人32面相〟の推理クイズの第二問を考えることにする。

出題内容はこうだ。


ごきげんよう。余は再び、諸兄に新たな問題を出題したいと存ずる。この度も問題に正答したる御仁の中からクジ引きで一名に、余は金拾萬圓を進呈するつもりである。

ずいぶん熟案されるがよかろう。この度も締切までの間ならば挑戦は何度でも可とする。

では問題。

あるマンションで他殺死体が発見された。しかし窓は嵌め殺しで開閉は不可能、玄関はしっかり施錠されていた。玄関の鍵はシリンダー・サムターン錠で、キーはスペアともども揃って室内に残っていた。

しかもスペアキーはメーカーに純正品を依頼しないと新たに作れないタイプであり、もちろん依頼された記録は無い。また、糸が使われた痕跡も無かった。犯人はどうやって犯行後に鍵を掛けて逃走したのか。

紙人32面相より

また〝密室〟だ。

私は、先だってのひゐろの事件を思い出していた。

クレセント錠のトリックは使えるだろうかと。しかしすぐに思い直した。今回は逆なのだ。侵入方法ではなく脱出方法を考えなくてはならない。そして窓の鍵は無いので、玄関の鍵だけを考えろということなのだ。

つまり、サムターン錠のトリックだ。

ミステリーに疎い私でも、これが密室物のネタとしてお馴染みであることは知っている。何かのテレビドラマで見たのかも知れない。内側からサムターンと呼ばれる小さなツマミを回転させ、デッドボルトと呼ばれる閂《かんぬき》を掛けて施錠する、最もポピュラーな鍵である。

ところが、今回は最もポピュラーな「糸」を使う手法は予め封じられていた。クレセント錠の場合と同じく、糸をサムターンに固定して回転し施錠するというもので、これも糸の着脱方法と外部に通す穴さえ考えれば簡単に成立するのだが、出題文では痕跡が無かったことがはっきり書かれていた。

気になる点が一つあった。今回の問題には今のところ〝紙〟が関係していない。このままでは紙業界誌らしさが無い。

ということは、解答自体が紙に絡んでいるということなのではないか。

紙を使った施錠方法か。

例えばデッドボルトとウケの間に紙を挟んで半ば施錠状態にしておき、外から引っ張って施錠させる――。

とにかく実験だ。私は新聞チラシを摑んで立ち上がると、玄関まで行った。ドアを開け、デッドボルトの辺りにチラシを挟んで閉め、サムターンを回す。が、普通に施錠されてしまい、チラシを挟む意味が無かった。

そこで、チラシを折って厚くして再び挟み、ドアを閉じる。が、今度はチラシの厚みで完全には閉じない。したがってサムターンを回して施錠することも不可能だ。

猿知恵だった。

居間に戻り、考察を続けた。

もしかすると、前回にならって〝頓智〟は可能だろうか。糸でないなら紙こよりを使ったらどうか。それなら紙に関係する。ただ、そんな強力で細い紙こよりのようなものが存在するのだろうか。

私はＬＩＮＥを開き、自然堂での元同期、村井の名を探した。

村井は東京農大で木やパルプの研究をしたはずが、なぜか紙商に就職してしまい、そしてなぜか宣伝媒体などを作る企画部を志望した変わり者だ。ただ、紙に関する知識と情報収集能力には非常に頼れるものがある。

トークルームを開き、尋ねてみると、一〇分ほどして返事がきた。

〔寝るところだった。お前も好きだなあ、クイズなんか〕

〔申し訳ない〕

村井も真理子同様に興味無さげだ。

〔紙こよりのようなものは無理だな〕〔例のセルロースナノファイバー製の糸は研究中らしい。しかし実用化はまだまだ先だろうね〕

〝セルロースナノファイバー〟とは、木材パルプを原材料とした、金属やプラスティックに代わる軽量新素材で、既に実用化もされている。

しかし糸となるとまだまだのようだ。推理クイズの問題にするには時期尚早と言わざるをえない。

〔ありがとう〕

〔それだけか〕〔そういえば〕
〔?〕
〔驚くなよ〕〔真理子サンが見合いするらしいぞ〕
やはり村井も知っていたか。いや、自然堂の社員全員が知っているのだろう。なにしろ社の将来に影響するかも知れないのだから。
〔ああ、直接聞いた〕
〔なんだ〕
〔別にいいんじゃないのか〕
〔別にいいのか、そうか〕
〔夜分申し訳なかった〕〔では〕
〔なんか奢れ〕
〔おやすみ〕
私はＬＩＮＥを閉じ、寝支度を始めた。

3

数日後。真理子の都合で送迎の無い日だったので、私は終業後、久々に新宿ゴールデン街へ向かった。

山田ひゐろ御用達《ごようたし》の〈ちがった空〉だ。その後の様子が知りたかった。

二階への階段を上り、ドアを開けた。早い時間は相変わらず客がいない。私だけだった。トレンチコートを壁のフックに掛ける。

「いらっしゃい」と、店主のケンジは相変わらず朗らかに言った。「お湯割りですね」

私は頷いて言った。「この間はとんだことで」

「いやいや、あれでいいんですよ」と、ケンジは首を振った。

「しかし……あなたは薄々勘付いていたのでは？」

私はお湯割りを受け取って啜った。

「まあね。――前から図書館や中古本のグチをちょいちょい聞かされてましたからね。そこで例の事件だ。久々に店に来るから問《と》い質《ただ》そうかと思っていたところ、あんたがやって来たというわけで」

そうか、ひゐろは月に一度しか来店しないから、ちょうどそんなタイミングだったのだ。

ケンジは続けた。「あのクレセント錠のトリックにはよく気が付きましたね」

「偶然が重なっただけでしてね。幸運だった」

「あたしゃてっきり、あんたもひゐろちゃんの同人誌を読んでいたのかと思ってたんですけどね」

「同人誌？」

「ええ。ひゐろちゃんがアマチュア時代に作った同人誌でね。実家の関係もあって建具のトリックをいっぱい考えていたらしいんだけど、それを集めて同人誌にしたんだって。作家デビューした後、商業作品にもいくつか使ったけど、例のクレセント錠のトリックは地味過ぎてボツになったって言ってましたよ」

　つまり、同人誌を買った者以外は知らないトリックということか。

「その本は気になりますね」

「ありますよ。これなんですけどね」と、店主は後ろの棚から薄い本を二冊抜いて寄越した。

「どうも」と、乾いたハンカチで手を拭いてから受け取る。

　赤い表紙のタイトルは『ひゐろの研究』といい、黄色い表紙が『ひゐろの部屋の秘密』だった。

　A5判、三六ページ。表紙は革の風合いを持つポピュラーな特殊紙だ。一目瞭然で特種東海製紙の〈レザック66〉だとわかる。前者は〝べに〟で、後者は〝黄色〟だ。

「紙鑑定士さんでしたよね。本文の紙、わかるんですか？」

「もちろん」

　本文はいずれも黄味が強いのでクリーム上質紙だ。銘柄で思い浮かぶのは王子製紙の〈OKシュークリーム〉、日本製紙の〈アルトクリーム〉、北越コーポレーションの〈淡《うす》クリームキンマリ〉、中越パルプ工業の〈淡クリームせんだい〉あたりだ。

私は親指・人差指・中指で紙の端を摘まみ、パチンと弾いた。感触では紙厚は九〇ミクロン、つまり〇・〇九ミリ前後のようだから、米坪は七二・四グラムあたりか。

「黄味が非常に強いので、中パの〈淡クリームせんだい〉だと思います。あ、ご存じないかとは思いますが」

「確かに知りません。訊いておいてナンですが」と、店主は笑った。「――〝せんだい〟というからには宮城県の産ですか」

「いや。確かに仙台近くにも他社の大きな製紙工場はありますが、この場合は川の内と書く〝せんだい〟で、鹿児島県の川内《せんだい》工場で抄造された紙というわけです」

「なるほどねえ。全然違う方向だ」

「新人営業マンも勘違いしやすいですよ」私はお湯割りを飲み干した。「勘違い繋がりでもう一つ。特種東海製紙三島《みしま》工場と大王製紙三島工場は同じ三島でも場所が全然違います」

「へえ」

「前者は静岡県ですが、後者は愛媛県です」

「はあ、製紙工場っていろんな所にあるんですね」

「いい水のある所ならどこでもね。元々、新聞の全国紙の印刷を間に合わせるために各地に製紙工場が造られたと言われます」

　ケンジはしきりに頷いていた。

私は改めて『ひゐろの研究』を開き、中を見た。ひゐろの同人誌だというから多少なりとも小説の形式を取っているものと思ったが、そうではなかった。建具をテーマにしたトリック集のようだ。手書きの図解まで添えられている。タイトルどおり研究本ということか。

『ひゐろの研究』の中ほどにクレセント錠のトリックが集められていた。店主の言うとおり、例のウケ金具のネジを外しておく手法がそっくりそのまま出ていた。注意書きとして、ウケ金具をサッシに固定するネジ（たいていは中央）は外さないように、と書かれていた。私の失敗した部分である。

「本当だ。出ている」

「でしょう。どれもひゐろちゃんオリジナルだから、原則的には買った二〇〇人しか知らないということになる」

ふと、〝紙人32面相〟の推理クイズのことを思い出した。ひゐろならサムターン錠についても何かトリックを考えてあるのではないか。

我ながら狡《ずる》いとは思ったが、あわよくば、と急いでページをめくった。しかし『ひゐろの研究』にはサムターン錠の項目は載っていなかった。

では『ひゐろの部屋の秘密』の方はどうだろう。こちらも忙《せわ》しなくめくっていく。あった。

本の後ろの方だ。

キーが無いのに外から施錠する方法だ。さらに忙しなく文字列を追う。

まず、ドアを開けたままサムターンのツマミを回し、閂であるデッドボルトの先端を露出させる。デッドボルトが少しだけ出た状態のまま止まる位置をツマミの微妙な回転で調整する。バネのバランスでなんとか止まる位置があるというのだ。デッドボルトが出ていてもギリギリでドアが閉まる位置である。

そうして外へ出て閉めてから、ドアのスキマにカッターの刃を入れて、刃先の部分でデッドボルトの表面を引っ掛けつつ、少しずつ少しずつウケ側の方に送り出すと、そのうちバネのバランスが変わってボルトがカチンと出きり、施錠が完了するというのだ。

地味だが、なるほどと思った。息を吐く。

「なんかいいのありましたか」と、ケンジ。

「ええ、ちょっとね」

とりあえず紙と関係あるかはさておき、これはこれでしっかりとリアリティがある。ひゐろはたぶん実家の建具店で実験もしたのだろう。

ふと店のドアを振り返って見るが、どうやら違うタイプだ。すぐには確認できそうにない。

気になる。自分も実験してみたくなった。自宅の鍵はサムターン錠だ。

私はもう一杯だけ飲み、会計をして店を出た。

帰宅して早速、自宅マンションのドアを見た。サムターン錠だ。

だが、すぐに無理だとわかった。そこにはカッターの刃を入れる隙間は無かったのだ。

ドア表面の金属板が隙間の上まであり、覆い隠していたのである。建物自体は新しくないが、数年前に一斉改修をしたことがあった。その際にドアが交換されたのだ。

たぶん、探せばどこかにはあのトリックどおりのドアがあるのだろう。

推理クイズの解答は締切まで何通送ってもいいことになっている。

私は酔いに任せてスマホから『ＫＡＭＩ－ＺＩＮＥ』のホームページへアクセスし、クイズの解答フォームに書き込み、送信した。

4

翌日午後。なんと〝紙人32面相〟からメールがきた。

もちろん、正確には『月刊ＫＡＭＩ－ＺＩＮＥ』の推理クイズの担当者からである。文末に〝小牟田／Ｋｏｍｕｔａ〟とだけ署名されていた。

応募締切前に早くも当選確定かと思ったが、さすがにそうではなかった。文面も前回の当選発表の際の事務的な内容とは違っていた。

曰く、第一問の正解に至った経緯を、後追い記事にするべくインタビュー取材をしたいのだと。さすがは新進雑誌だと思った。応募フォームに記入した事務所名から、私の居場所が西新宿だと知ったのだ。編集部のある中野《なかの》からも近いので「ぜひ遊びに来ませんか」と言う。

ついでに賞金も直接手渡しが可能だとのこと。それを聞いたら否《いや》も応も無かった。来月末まで入金を待たなくていいのは助かる。私はハンコ持参で〈ＫＡＭＩ・ＺＩＮＥ社〉を訪ねることになった。

数日後の午後三時。私は手土産の紙袋を提げて、〈中野ブロードウェイ〉裏手のひどく古い雑居ビルの二階にいた。クイズの賞金に総額三〇万円を出す会社にしてはずいぶん安普請だと思った。

入口を入ってすぐの場所にパーテーションがあり、台の上に内線電話が置かれていた。内線表で〝小牟田《こむた》〟を探し、呼び出す。

意外にも女性の声が、すぐに伺いますと告げた。本人のようだ。〝紙人32面相〟というからてっきり男性だと思い込んでいたが、どうやら違ったらしい。山田ひゐろの時の驚きを少し思い出す。

ややあって、パーテーションの奥から小柄な若い女性が現れた。化粧気のない丸顔に赤縁のメガネを掛けていた。レンズの奥のつぶらな瞳がくりくり動く。染めていない髪はポニーテールだ。白いシャツの上にピンクのカーディガン、下はジーンズだった。

「わざわざご足労いただきましてすみません」と、女性は両手で上質紙の名刺を差し出した。

〝月刊ＫＡＭＩ‐ＺＩＮＥデザイン室 小牟田千果咲《ちかさ》〟とある。編集部員ではないのか。

「どうも」と、私も間伐材活用ペーパーを使ったエコ名刺を差し出した。

「こちらへどうぞ」

小牟田千果咲に促され、一旦廊下へ出た。ＫＡＭＩ‐ＺＩＮＥ社は複数の賃貸部屋で成り立っているようで、応接用には廊下の奥にある部屋が充てられていた。

中に入る。そこにはテーブル二卓とパイプ椅子が六脚、ホワイトボードが一つあった。よくある会議室だ。

「つまらない物ですが」と、私は手土産を差し出した。

「ご丁寧にすみません。もう少々お待ちください」と、千果咲は紙袋と共に出て行った。

間もなく千果咲は、ひょろりと背の高い背広姿の中年男性と、ずんぐりしたブレザー姿の若い男性を伴って入ってきた。いずれもバッグをたすき掛けにしている。

ひょろりは編集長の対馬《つしま》と名乗り、ずんぐりは副編集長の菊池《きくち》と名乗った。名刺はくれないようだ。

「この度はおめでとうございます」と、対馬編集長は言った。

「おめでとうございます」と、菊池副編集長が熨斗袋《のしぶくろ》を差し出した。

私は賞金を恭しく受け取った。「ありがとうございます」

「では、簡単ながらこれで」と、対馬は言った。「小牟田さん、受領書にハンコを頂いておいてね。僕ら予定どおり外打ち直帰だから、戸締りよろしく」

社外で会食を伴った打合せをし、そのまま帰宅するということらしい。それでバッグを持っていたのだ。

「了解しました」と、千果咲は言った。

風のように贈呈式は終わった。ドアが閉まり、二人の男が急ぎ足で歩き去る音がした。

「慌ただしくてすみません。どうぞ、そちらに……」

呆然《ぼうぜん》としていると千果咲が着席を勧め、私は熨斗袋をカバンに仕舞ってパイプ椅子に腰掛けた。千果咲がどこからか小さなペットボトルの緑茶を取り出してテーブルに置いた。受け取ると温かい。

「珍しい苗字ですね」と、私は名刺を改めて眺めた。

「そうですか。父親が鹿児島出身なもので。わたしは鳥取で生まれ育ちましたけど」

「へえ、鳥取ですか。――肩書きはデザイナーさん？」

「ええ、『月刊ＫＡＭＩ‐ＺＩＮＥ』その他、弊社刊行物全般のページデザインが主な仕事です。それらをやりながら、今回のクイズ欄も担当しました。実はわたしの発案なんです」

はきはきとした歯切れのよい語り口だ。最近の若人《わこうど》は皆こうなのか。

「ほう、もしかするとあの可愛《かわい》らしいイラストも？」

「はい、そうです！」と、千果咲は嬉しそうに言った。

私は続けて訊いた。「32面相の三二面というのは、書籍の面付けから取ったのではないですか？　四六判単行本もB6判コミックスもA5判ムックも全部三二面取、六四ページ単位だ」

「よくおわかりですね」千果咲がニッと笑った。「いつかフリーの装丁家になるのが夢なんです」

「ああ、装丁家さんにね」

「クイズの解答もお見事でした。出版用紙を担当されている方だからこその正解です！」

「いやあ」と、私は昭和の作法で頭を搔いた。

「それと――」と、千果咲は一拍置いてから続けた。「第二問の解答も拝見しましたが、こちらも真実味がありますね。素晴らしいです！」

「ああ、あれね……」

毎度ながら他人の褌《ふんどし》なので、面と向かって褒められると少々気まずくはある。ただ、

〝正解〟だとは言っていないのが引っ掛かる。

千果咲がテーブルの上に『月刊ＫＡＭＩ‐ＺＩＮＥ』数冊と、小型のデバイスを置いた。デバイスにはゴツいマイクが二つも付いていた。高感度ＩＣレコーダーのようだ。

千果咲はスイッチを操作した。

「うちは、自分のスマホに録音してはいけない決まりなんですよ。プライバシーの関係で」

「なるほど」

インタビューが始まった。

私は『ＫＡＭＩ‐ＺＩＮＥ』の当該ページを開きながら、クイズに添付された書影の現物を調べて印刷用紙の銘柄にヒントを求めたところから話し始めた。

「未必の故意」をモジったダジャレで応募寸前までいったこと、そして締切ギリギリで、飲み屋で作家――もちろん名前は言わないが――から著書の扉にサインをもらったことで閃き、正解に行きついたことをできる限り詳しく語った。その間、千果咲は何度も深く頷いていた。私ごときの話でちゃんと獲れ高はあったのだろうか。

ひとしきり取材が終わり、レコーダーも片付けられたところで、千果咲は言った。

「第二問が発表になった後、またインタビューをお願いするかも知れません」

「すると、やはり今回も……正解で？」私はおずおずと訊いた。

「たぶん、そうだと思います。もし他に正解者がいなければ、渡部さんが当選ということになります」

そうだと思う？　引っ掛かる言い方だ。

一応返事をしておく。「それは楽しみだ」

「ところで」千果咲はなぜか戸口を振り返って言った。「お話は変わりますが――」

つられて戸口を見てから私は答えた。「はい……どうぞ」

千果咲はあからさまに声を潜めた。「渡部さんは過去に大きな事件を解決したと、先輩社員から聞きました」

「え……そんなこともあったかな」

妙な展開になってきた。私は身構えた。

「謝礼をお支払いすれば、その……特殊な依頼を受けてくれるという噂も耳にしています」

「……どこからそんな噂が？」

「紙業界紙って、意外と横の繋がりがあるんです」

どこかで聞いたような話だ。

千果咲は続けた。「他紙の記者さんにもたくさん知合いがいます。噂話もよく聞かせてくれるんです」

「なるほど……」

「そこで」と、千果咲は頭を下げた。「渡部さんに、個人的な仕事をお願いしたいのですが、いかがでしょうか……」

私は顎を撫でた。「私にできることだろうか」

「それは……」千果咲は顔を上げ、一瞬言葉に詰まった。「お話を聞いていただかないと……」

「それはそうだ」

千果咲の表情に微かな切迫感が加わっていた。

頼まれれば嫌とは言えない。――いや、それは言い訳だろう。私のどこかで、この若い〝32面相〟の身の上話を聞きたいと思っているのは確かなのだ。

私はお茶を一口含み、飲み込んだ。

「期待に応えられるかどうかは判らない。だが、とりあえず話を聞かせてください」

「ありがとうございます!」と、千果咲は再び深々と頭を下げた。

5

「話せば長くなりますが――」と、千果咲は語り始めた。

私は遮った。「ここで話を続けても大丈夫なのかい」

「ええ。──今日はインタビュー用にこの部屋を貸し切り状態にしています。それに、編集部やデザイン室とは離れていますから、基本的に聞かれることはありません」

「それなら……」と、私は先を促した。

「──わたしには六歳上の姉がいました。姉もグラフィックデザイナーだったんです」

「ああ、それで君も」

「はい、真似しちゃいました」と言って、千果咲は脇に置いてあった一冊の単行本をこちらに寄越した。「姉が装丁した物です。一冊だけ選べと言われたら迷わずこれですね」

恭しく手に取って眺める。四六判・ソフトカバーのミステリー単行本だ。パラパラとめくって、なかなか凝った装丁だと判った。

いつものように〝紙調べ〟をしようとして、見返しの裏に使用紙一覧が掲載されているのに気付いた。それ一つとっても実に珍しい。普通はわざわざ公表しないからだ。まず、何と言っても本文に驚いた。小口が斑《まだら》模様になっている。つまり、風合いの違う四種類の銘柄を一折六四ページ、または半折三二ページずつ入れ替えて印刷されているのだ。良い意味で頭がおかしい。

いずれも四六判で五〇キロから七〇キロ。このキロ表記は〝連量〟と呼ばれるもので、その銘柄の原紙一〇〇〇枚──これを〝一連〟と呼ぶ──あたりの重量のことだ。商取引の際の単位なので一般向けではないが、敢えて記載しているのだろう。

ただ、逆算すれば原紙一平米あたりの重量である〝米坪〟を割り出すことはできる。キロ数に差はあるが、紙厚はいずれも一〇〇ミクロン強で統一されているので、めくる際の違和感は無い。細心の注意が払われている。

「凄い……」思わず言葉を漏らした。

内訳は日本製紙の書籍用紙〈アルトクリームマックス〉と嵩高微塗工《かさだか》〈b7クリーム〉という黄色味の強いタイプが二種。そして北越コーポレーションの〈メヌエットライトC〉〈メヌエットフォルテC〉という黄色味にくすみを持たせた書籍用紙二種。〝C〟はクリームのことだ。いわゆるクリームパンやカスタードクリームの黄色のイメージである。

中には既に廃版になっている銘柄もあるが、これらが二回ずつのローテーションで現れる。

「本文紙、大変なことになってますよね」と、千果咲。

「これはお姉さん単独の提案が通ったのかな」

「そう聞いています」

「へえ……」

なぜこんなことをしたのか。まさか、迷い過ぎて一種類に絞ることができなかったということは……さすがにあるまい。

思うに、一つにはこの本自体に書籍用紙見本の機能を持たせるためだろう。四銘柄に関して印刷具合や判読性を比較検討することができる。以降の装丁の際の参考になるし、同業者の役にも立つ。

あとは、単純に読者に紙の質感を楽しんでもらう——。実はこちらの意味の方が大きいのではないだろうか。

それにも増して感服するのは、若い装丁者がこの大胆な造本仕様を周囲に納得させたネゴ力にである。資材発注書はえらく煩雑になるし、そもそも用紙の在庫確保が厄介だ。細々とした増刷を視野に入れずに売り切る覚悟で、相当な部数を印刷したのかも知れない。

その他、カバーは大王製紙が日清紡から引き継いだ特殊紙〈NTラシャ スノーホワイト〉、表紙は特種東海製紙のクラフト紙ベースのレトロな特殊紙〈ファーストヴインテージ イエローオーカー〉、オビは同社の布風紙〈タントセレクトTS‐1 N‐8〉に保護用のグロスPP（ポリプロピレン）をかけてある。

見返しも同社〈マーメイド 桜〉、別丁扉に高級感ある三菱製紙〈クラシコトレーシング‐FS〉。付録の証拠品の便箋として、書籍には珍しい同社ステーショナリーペーパー〈スピカレイドボンド〉——。

私は唸った。「なかなか素晴らしい仕事だと、お姉さんにお伝えください」

「ありがとうございます。でも……お言葉は嬉しいのですが、その姉は——」千果咲はそこで言葉を詰まらせた。「三年ほど前、自宅マンションで睡眠薬を大量に飲んで亡くなってしまいました……」

語り始めが過去形だったので、若干の予感はあったのだが。

「それは……とんだことで」そう言うしかなかった。

千果咲は一つ咳払いをして語り始めた。「事件当時、アパートの窓も玄関も施錠されていて、キーもスペアも室内から揃って見つかりました。テーブルの上には『今まで楽しかったです。ありがとう。さようなら』という姉の筆跡の遺書が残されていました。書道の段持ちである姉が筆ペンで書いたようです。警察は疑いを差し挟むことなく自殺として処理しました。でも——わたしはどうしても納得できないんです」

そこまで聞いてピンときた。

「推理クイズ第二問の出題のママだ」

「はい。実は……そうなんです」千果咲が悪戯を見つかった子供のような表情をした。

「そして、私はその解答を送っている……」

「はい。それで渡部さんに興味を持って、周囲から情報を集めたんです。そして、インタビュー取材をしたいと上を説得し、ご足労いただくことになりました。ついでに賞金の受け渡しをしたいというのは上の意向でした」

私は頷き、話を戻した。「——それで『納得できない』というと？」

「当時、姉はある既婚男性と不倫関係にあって悩んでいました。確かにその時は精神的に不安定だったし、もともと死を恐れない人でしたけど……でも、絶対に自分のために死ぬような人ではないんです」

私は首を傾げた。「死を恐れないけど……自分のためには死なない？」

まるで謎かけだ。

「はい……」千果咲が遠い目をした。「――わたしたちが小学生だった頃のことです。ある日、わたしはカラーボールを追っかけて車道に飛び出し、車に轢《ひ》かれそうになりました。でもその時、姉がすぐに飛び出してわたしを突き飛ばしたので、わたしはかすり傷で済みました。でも姉は車に撥《は》ねられて一〇メートルくらい飛ばされ、骨盤を骨折する重傷を負ったんです。救急車で運ばれて、三か月入院していました。もし小さなわたしが撥ねられていたらもっと高く飛んだだろうし、打ち所が悪かったら死んでいたかも知れません。姉はわたしの命の恩人です……」

子供とは思えぬ決死の行動である。

私は息をついた。「なるほどね……」

「後でわたしは、なぜそんなことができたのか姉に訊きました。すると、わたしが飛び出した瞬間に、小さな棺桶に入れられて花に囲まれているわたしの姿を想像し、『かわいそうだな、代わってやりたいな』と思ったからなんだそうです」

そして千果咲は「えへへ」と笑い、素早く指先で目尻を拭った。

「想像力と共感力か……」私は呟いた。

「――元々そういう人だから、たぶん不倫相手に同情して心中するはずが、何らかの方法で姉だけ大量の睡眠薬を飲んで死んだ――いえ、死なされたんだと思います……」

私は顎を触った。「死なされた、となると穏やかではないね。相手に心当たりはあるのかね」

千果咲は弱々しく首を振った。「姉は不倫の自覚があったせいか、生前に相手のことに関して細かいことは話してくれませんでした。ただ、紙業界で働く人であるということだけは少し聞いていました。仕事の関係で知り合ったらしいんですが――」

千果咲は不倫相手の断片的な仕事内容を列挙した。聞くだに、どうやら私のような紙屋らしい。

「――それでわたしは、姉と同じグラフィックデザイナーになったんです。もちろん姉に対する憧れもありましたが、真相究明のため紙業界に近付くのが一番の目的でした。そうして就活で紙業界紙各社の入社試験を受けたんですが、元々デザイナー志望だったせいか軒並み落ちちゃって。なんとか今の会社が拾ってくれたんですが、当然ながら記者採用ではないので取材も全然できず、それに思った以上に業界が広かったんですよね。そうそう簡単に犯人が見つかるはずもなく……」

たいした執着だ。就職の動機としてはかなり不純だが、肉親の死の謎を解明したいという気持ちは大いに理解できる。

「確かにそうだろうね」

「そこで思い付いたのが、創刊二周年記念企画の賞金付き推理クイズの形を借りて、犯人をおびき寄せようというものでした。まだ業界で働いているなら読んでいる可能性が高いし、賞金付きということで余計に目を惹くはずです」

私の周囲を見ていると、その考えは図に当たったと言えよう。そして私も惹きつけられ、二度に亘《わた》って応募までしている。

「それは妙案だ。しかしよく企画が通ったね」

「編集長には、『誌名を売るためには絶対必要です』と熱烈にプレゼンしましたよ。その甲斐《かい》あって、うまいことに表向きの企画は通りました」

若い女性とは思えぬ行動力である。姉のネゴ力をしっかり受け継いでいるようだ。いや、それだけ姉を慕っていたということなのだろう。

私は付け加えた。「思いがけず、先だっての〝カミ人30面相事件〟でさらに注目度が上がったのでは？」

「そうなんですよ。こう言っては不謹慎かもですが——運がよかったです」

その幸運には図らずも私が絡んでいたわけだが。

千果咲は続けた。「後はクイズの問題の中で、こちらが犯人の犯行を知っていることをチラつかせて、揺さぶりをかける。たぶん、不安になっていずれこちらにコンタクトを取ってくると思うんです。そこを取っ捕まえる！」

私は千果咲の握った拳を眺め、微かな不安に駆られた。ここまでの話の流れでは、私はズバリ犯人の条件と合致している。まさか……。

「取っ捕まえて、後はどうするの」

「自首を勧めます。最初は全て独りでこなすつもりだったんですが……次第に不安になってきました。――ついては渡部さんにサポートしてほしいんです」

それを聞いてひとまず安堵した。さすがに私を疑っていたわけではなかった。

「〝弔い合戦〟ということか……」

千果咲は頷いた。サポートとは、犯人との対面に同行してほしいという意味だろうか。

だが私は少々考え込んでしまった。途中までは感心できるものの、最後の方は詰めが甘いと思った。犯人が、あのひゐろと同じように大人しく自首してくれる保証はどこにもない。それにまだ漠然とした要素も多かった。第一問も第二問も、何とかの一つ覚えのようにひたすら〝密室〟押しである。釣り餌としては弱いのではないか。

それに、犯人の居場所が地方だったらどうするのだ。紙商だって転勤はある。場合によっては北海道や九州に同行しなくてはならない。

「今、不安そうな顔されましたね……。でも、もうちょっと聞いてください」と、前置きして千果咲は続けた。「第一問のクイズの中の三つの選択肢、『人形の家』の単行本、レオポンズマンションのチラシ、『三匹の子ぶた』の絵本は、姉のことを知っている犯人ならピンとくるはずなんです」

前置きどおり様相が変わってきたようだ。

6

千果咲は『KAMI・ZINE』のクイズ欄に指を置き、説明を始めた。「〝人形の家〟は姉が住んでいた日本橋人形町の家を指していますし〝レオポンズマンション〟も姉のマンションのブランド名です。〝子ぶた〟は小牟田と発音が似てますよね。姉もわたしも子供の頃、『やーい、子ぶたー！』ってからかわれてよく泣いてましたもん。親しい人ならたぶん知っている話です」

子ぶたというよりは子鹿の方が千果咲には近かったのではないかと余計なことを思いながら、私は三つの選択肢を改めて目で追った。

人形町《にんぎょう》は紙屋にとっても少々馴染みのある町だ。私も隅田《すみだ》川寄りの浜町《はまちょう》にある〈日本洋紙板紙卸商業組合〉や〈東京紙商健康保険組合〉とそのクリニックに行く際、手前にある人形町を通り抜けたりする。だから紙屋と思しき犯人との関連を窺《うかが》わせた。

「なるほど、あの問題文にはそんな暗号も隠されていたのか。巧妙だ……」

私はまた少し千果咲を見直した。

「お褒めいただき嬉しいです」千果咲は、しかし厳しい顔をして続けた。「果たして第一問の解答者の中に、これはという怪しい人物がちらほら見受けられました。ですが、まだ決め手に欠けています。――そこで、思い切って第二問は紙や本に関係無く、ストレートに犯行時と同じ状況の密室殺人をネタにしたんです。実は今回のトリックに関しては、わたしは本当の正解を設定できませんでした。なにしろ実際の事件が解決していないんですから」

千果咲はさらりと言ってのけた。話の大胆さに驚く。

私はすかさず訊いた。「でも、一〇万円の懸賞金でしょう、事前にクイズ内容を上の人に承認してもらう必要があるのでは」

「はい、もちろん。懸賞の責任者である編集長には事前にダミーの正解を伝えておきました。サムターンに糸を貼り付けて隙間を通して引っ張るというトリックです」

私でも知っていた古典的なトリックだ。だが――。

「問題文には糸を使った痕跡は無い、とあったはず。それではまずいのでは」

「ええ。編集長を納得させる段階ではそれで通したんですが、問題文では御法度にしました。こちらはわかっているぞ、と犯人にハッタリをかます意味がありましたから。――だけど、もし不発に終わってこれを正解として発表すれば、読者からはブーイングでしょうね。問題と矛盾していますから。でもその時はその時。とにかく今は犯人に届きさえすればいいって思ったんです」

いやはや思い切りがいい。

千果咲は続けた。「でも、思いがけず渡部さんの解答には現実味がありました。是非ともそちらを正解にさせてください。それに……それに、お陰で姉の他殺説を確信できました」

最後の一言を聞き、今一度、背中の真ん中を冷や汗が伝って落ちるのを感じた。

コロンボや古畑任三郎《ふるはたにんざぶろう》に追い詰められる犯人の心境とはこんなものだろうか。いつしか私は犯人に共感していた。むろん私であるはずはないのだが。

しかし一応訊かずにはいられなかった。「もしや……一瞬でも私は疑われていたことがあったのだろうか」

「ふふ」と、千果咲は小さく笑った。「そんなことはないですよ。サポートをお願いするって言ったじゃないですか。――第一、渡部さんは全然、姉のタイプじゃないです」

……さいですか。

「まあ、わたしは姉とは違いますけどね」と、千果咲は意味深に微笑んだ。

私は咽《むせ》つつ先を促した。「……で、今回は怪しげな人物はもう現れたんだろうか」

「いえ、まだです。もちろん締切までは希望を捨てないつもりですが、今回も動きが無かった場合、最終問題である三問目でケリを付けなければなりません。例によってダミー問題は編集長に伝えてあるんですが、もっと効果的な問題に差し替えたいです。つきましては、渡部さんにも問題を考えていただけたらなあ、というのがもう一つの依頼なんです」

「なるほど……」私はしばし考えてから言った。「――先ほど、一問目で怪しい人物がちらほら現れたと言ったね。まず、それらの人物の解答を見ておく必要がありそうだ。いいかな」

「もちろんです」と、千果咲は持参していたタブレットを差し出した。

第1問
貴社名：
御名前：ＫＫ
解答：人形の家
理由：子供はどうなる。愚かな女が愚かな決断をしただけの話。本当に女は愚かだ
死ねばいいのに。
Ｅメールアドレス：

理由の部分が〝密室はどれか〟の解答に対する説明になっておらず、『人形の家』の雑な感想が書かれているだけに見える。

だが、そこに何らかの暗喩が込められていたとしたら――。

「確かに怪しい」と、私は言った。

「怪しいでしょう」と、千果咲は答えた。

「『人形の家』の感想のようでもあるし、女性嫌悪《ミソジニー》のようでもあるし、特定の女性に対する恨み言のようでもある……」

千果咲は頷いた。「その〝特定の女性〟が姉ということになりませんか。わたしたちが姉の死の真相を知っていると判り、理由欄に死の理由を書いた……」

「だとしたら『子供はどうなる』の部分が引っ掛かる。作中、確かにヒロインは、旦那はおろか罪の無い子供たちまで見捨てて出奔する。ストレートに考えればその部分を指しているとも取れるのだが――でもそうでないとしたら、もしやお姉さんは……」

「妊娠、ですか。そこまではわたしも知らないんです。行政解剖の報告書には何も書かれていませんでした。ですが、実際に子供を巡る諍《いさか》いがあった可能性も否定はできません……」

「産むの堕《お》ろすのと揉めた末の犯行――。犯人らしき人物言うところの〝愚かな決断をした〟お姉さんを手に掛けた……」

「……どうしても解釈の幅が大きくなるので、やっぱりこれだけでは決め手に欠けるんです。そもそも、これだけではこちらからアプローチのしようがありません」

「――確かにそうだ。同じ解答者が第二問に対してどう書いてくるか次第だね」

千果咲は頷いた。

「あと――」と、千果咲はタブレットを操作した。「もう一つがこちらです」

覗き込む。

第1問
貴社名：ＳＲＩ
御名前：まき
解答：三匹の子ぶた
理由：三匹の子ぶたが旅をした　三匹の子ぶたが旅をした
風に飛ばされ一匹目が死んだ……
二匹の子ぶたが旅をした　二匹の子ぶたが旅をした
炎に焼かれて二匹目が死んだ……
一匹の子ぶたが旅をした　一匹の子ぶたが旅をした
レンガに潰され三匹目が死んだ……
Ｅメールアドレス：

文面に、背筋が寒くなった。

『三匹の子ぶた』の数え歌のようだが、原典のストーリーに合わせているようで、実は大幅に脚色されている。とにかくオチが不穏だ。『マザーグース』のようだと思った。

解答者は〝まき〟というからには女性だろうか。

「これもまたダークな……」

千果咲は頷いた。「こういうのって、アガサ・クリスティとか横溝正史《よこみぞせいし》で有名な〝見立て殺人〟とか〝童謡殺人〟とかいうんですよね」

「〝見立て殺人〟て……お姉さんの死に関係していると思うのかい」

「そうかも知れないんです……」

私は首を捻った。「それはなぜ?」

「さっきも言いましたが、子ぶたは小牟田なんです」

「つまり、小牟田姉妹は三人ということ?」

「全員女ではありません。姉の上に男の子が生まれる予定だったんですが、死産だったそうです」

私は軽く頭を下げ弔意を示した。「ああ、それでなのか。——でも二人亡くなっているということは……」

「はい、次がわたしということになります」

「いや、考え過ぎでは……。そのお兄さんのことを知っている人が、紙業界内にいると思うかい?」

「いないとは言い切れません。それに姉が話した可能性も……」

「それはそうだろうが……。では、そうだと仮定して、誰がどの子ぶたに相当するんだろうか。死産のお兄さん、自さ、もとい睡眠薬のお姉さん……」

「兄は火葬されたので炎ではないでしょうか」

「だが死因ではないね……」

「そこまで厳密なんでしょうか」

「それはなんとも……」

「……」

自分から訊き返しておきながら、私はこの不吉な連想が辛くなった。

「とにかく、この解答者も次の出方を待った方がいいのでは」

「――そうですね。そして、もしまた決め手に欠けるようなら、第三問がラストチャンスになります」

「そういうことか……しっかり考えねば」

「はい、考えます」

千果咲がタブレットに目を戻した。

互いにしばし黙考。

私がパッと思いついたのは、直截《ちょくせつ》的に姉の名前を想起させる問題だ。

「ところで、今頃訊くようなんだけど、お姉さんのお名前は？」

「ああ……すみません。わたしの方こそ申し遅れました。姉は小牟田桜桃葉《おとは》といいます。桜桃《おうとう》の葉っぱと書きます」

桜桃葉と千果咲の姉妹か。なかなか詩的だ。名付けた親は趣味がいい。

「すると頭文字は〝ＯＫ〟になるね。――では、ストレートにお姉さんの名前を連想させる紙の銘柄を羅列するのはどうだろう。王子製紙の紙ならたいてい頭にOKが付く。OKだらけになったら犯人も気付くのではないかな」

「うーん……どうでしょうか」と、千果咲は懐疑的だ。

私は続けた。「あるいは桜桃――さくらんぼはチェリーだから、丸住製紙の〝チェリーシリーズ〟がいけるかも知れない。〈チェリーホワイト〉〈チェリー1S〉〈ラフチェリー1W〉……」

話しながら千果咲の顔色を窺うが、どうもピンときていない様子だ。やはり今一つなのだ。それに表向きの正解も思いつかない。まさか答えが一般人の女の名前というわけにはいくまい。

と言って、今は他にいい案が思いつかない。

「あとは何だろうな……」私は唸った。

「あ……今すぐじゃなくていいです――今日はいきなり長い時間、すみませんでした」千果咲は頭を下げた。

「では、宿題にさせてもらうよ」私は立ち上がった。

千果咲が一階の玄関まで見送ってくれた。午後六時半となり、外は薄暗くなっていた。夜はまだ冷え込む。

ふと私は思った。サムターンのトリックは、実際に桜桃葉のマンションに当て嵌るのだろうか。犯人探しもさることながら、まずはそれが肝要なのではないか。

そう訊いてみた。

千果咲は答えた。「ちょっとわからなくて。姉の荷物を引き払う際に立ち会って以来、人形町には寄り付いていないので……」

無理もない。

「検証しておく必要があるね」

「確かに……」

「私が行ってくるよ。これも依頼のうちだ。ついては住所を教えてください」

まず私たちはＬＩＮＥ交換をした。次いでトークルームに桜桃葉のいたマンションの住所を貼り付けてもらう。

「これでよし」

「頼りにしています」

千果咲は編集部に戻り、私は真理子の送迎のため西新宿へ車を取りに帰った。


帰途、私はスマホで不動産屋のサイトを開き、検索した。すると、大手のブランドだけあって当該マンションはすぐに出てきた。どうやらそこは個人事務所と住居が混在しているようだった。

外観の写真を見て、私は軽く戦慄した。

赤茶色――すなわちレンガ色だったのだ。

〝まき〟なる解答者が書き込んだ『三匹の子ぶた』の数え歌に出てくる「レンガに潰され～」のくだりに相当するのではないか。

つまり桜桃葉が三匹目の子ぶたということになる。とすると、死産の兄は一匹目なのか、それとも二匹目なのか。また、千果咲はどっちなのか。

――いや、やはり単なる偶然かも知れない。いたずらに千果咲を怯《おび》えさせたくはない。今は伏せておこう。

気を取り直して、サイト内を目で追う。

自殺した桜桃葉のいた部屋は、案の定「心理的瑕疵《かし》あり」と明記され、俗に言う〝事故物件〟であることが公表されていた。その上で格安で入居者を募集している。

私は早速、オンラインで見学を申し込んだ。常々安い場所に事務所を移転させたいと考えていたから、場合によっては借りてもよいと思っている。

確かに部屋で自殺があったこと自体はいい気分ではないが、私は幽霊の類は全く怖《おそ》れてはいない。そもそも心霊現象を信じていないのだ。

好きだった亡き父は、明らかな夢の中以外ではこれまで一度たりとも現れたことはない。いくらそれを願っても現れなかったのだ。

7

数日後の土曜日午後一時。私は私服の軍用ジャンパーを羽織り、自宅マンションを出た。車は使わない。帰りに呑むかも知れないからだ。

休日に出歩くことは少ない。ＪＲ三鷹駅の近くで不意に「こんにちは」と声を掛けられ、知人だったかなと振り向いたが、去って行く痩身男性の後ろ姿に首を捻っているうちに、挨拶を返すタイミングを逸した。もっと出歩くべきだろうか。

中央線上りに乗り込み、東京駅へ。そこからは徒歩で日本橋人形町を目指すことにした。地下鉄を使うと乗換えが煩雑だからだ。

東京駅八重洲口を出て北東に歩く。巨大なブロックのような無味乾燥なビル街を通り、首都高が蓋をする神田川を渡る。

川沿いにさらに東へ進むと、粗いモザイク画像が細かく変わっていくような錯覚を覚える。人形町に近付く。

人形町は、その由来に反して人形に因むものはそれほど無い。新旧のビルと小粋な飲食店が混在する落ち着いた町並みである。

〈甘酒横丁《あまざけよこちょう》〉を掠《かす》めて東へ進み、交差点の店で人形焼きを一パック買った。〈水天宮《すいてんぐう》〉の角を曲がってすぐ裏道に入ると、目的地〈レオポンズマンション人形町〉の赤茶色の建物が佇んでいた。

犯人、あるいは〝まき〟か〝ＫＫ〟も、こうしてマンションを見上げていたのだろうかと、私はぼんやり思った。

エントランス前で、不動産屋の若くスラリとした茶髪の男性担当者が私を出迎えた。妙に先の尖《とが》った靴を履いている。彼の案内で見学をするのだ。

「今日はよろしくお願いします」と言って、私は人形焼きの袋を差し出した。

「いやぁ、これはご丁寧に」と、担当者はにっこりと笑って受け取った。

エレベーターに同乗し三階で降りると、外の廊下を奥へ向かう。

「なにぶん事故物件でして、三年間ずっと入居者がいないんですよ」と、担当者は声を潜め、申し訳無さそうにドアにキーを挿した。

「そのようですね」

「鍵は勝手に合鍵が作れないタイプなんで、第三者が持っているようなことは万が一にもないですが、ご希望であれば入居者様立ち会いのもとでシリンダーごと交換できますよ」

私はドアの錠の辺りを注視した。確かに枠との間に微かな隙間があり、デッドボルトが一瞬チラリと見えた。

担当者が棒状のレバーハンドルを下げてドアを開け、私を中へと促した。

ガランとした部屋は、突き当たりの窓まで一気に見渡せた。右手に小さなキッチンとトイレ兼バスルームのドアが見える。

　この場で施錠実験をするつもりだった。なんとか独りの時間を作らなければならない。

　私は担当者から一通りの説明を受けた後、トイレを借りた。水のタンクを開け、浮き球の鎖を捩《ねじ》って戻した。するとと水が止まらなくなった。

　トイレを出て担当者に告げる。「すみません、水が止まらないんですが」

「マジすか」と、担当者は交代で入って行った。

　私は大急ぎで玄関に戻り、ドアのサムターンを回してデッドボルトを出してみた。すると、確かに上面に刃物で引っ掻いたような痕跡がいくつもあった。証拠としてスマホカメラで撮影しておく。

　ジャンパーのポケットからカッターナイフを取り出すと、カチカチと刃を伸ばし、その先でデッドボルトを引っ掻いてみると、よく似た傷が付いた。

　耳を澄ますと、トイレの水音はまだ続いていた。

　次いで、しゃがみ込むと再びサムターンをゆっくり回し、デッドボルトを少しだけ露出させた。指先で微調節しながら探ると、確かにバネの際どいバランスでデッドボルトが止まる位置があった。ひゐろのトリックの通りだ。ただし許されるのは五ミリ程度の範囲だけのようだった。果たしてこれでできるのだろうか……。

　水音はまだ続いている。時間は大丈夫だ。

部屋の外に出て、静かにドアを閉め、辺りを窺ってからしゃがむ。

カッターの刃を、ドアとドア枠の隙間に挿し込む。

隙間からチラリと見えるデッドボルト先端の上面に刃を押し当て、隙間の中で短いストロークで前後させる。手漕《てこ》ぎボートのオールのような往復運動だ。

カチン。

しまった。刃先を戻す時に逆向きに力が掛かり、デッドボルトがドアの中に戻ってしまった。

ドアを開け、室内を覗き込む。まだ水音がしている。

一旦トイレに近寄り、様子を見た。中で担当者が「変だな、変だな」と呟く声がする。

「大丈夫ですかー」と、声を掛けた。

「何とかしまーす」と、返事があった。

私は急ぎ玄関へ戻り、再びサムターンを回してデッドボルトを露出させ、一連の作業をもう一度繰り返す。

カチン。

また失敗だ。気が焦る。このタイミングを逃したら次は無い。

だがさらに二度、デッドボルトを戻してしまった。早く成功させなければ。

今、もしマンションの住人が通りかかって、ドアの前でカッターナイフを摑んでし

ドア表

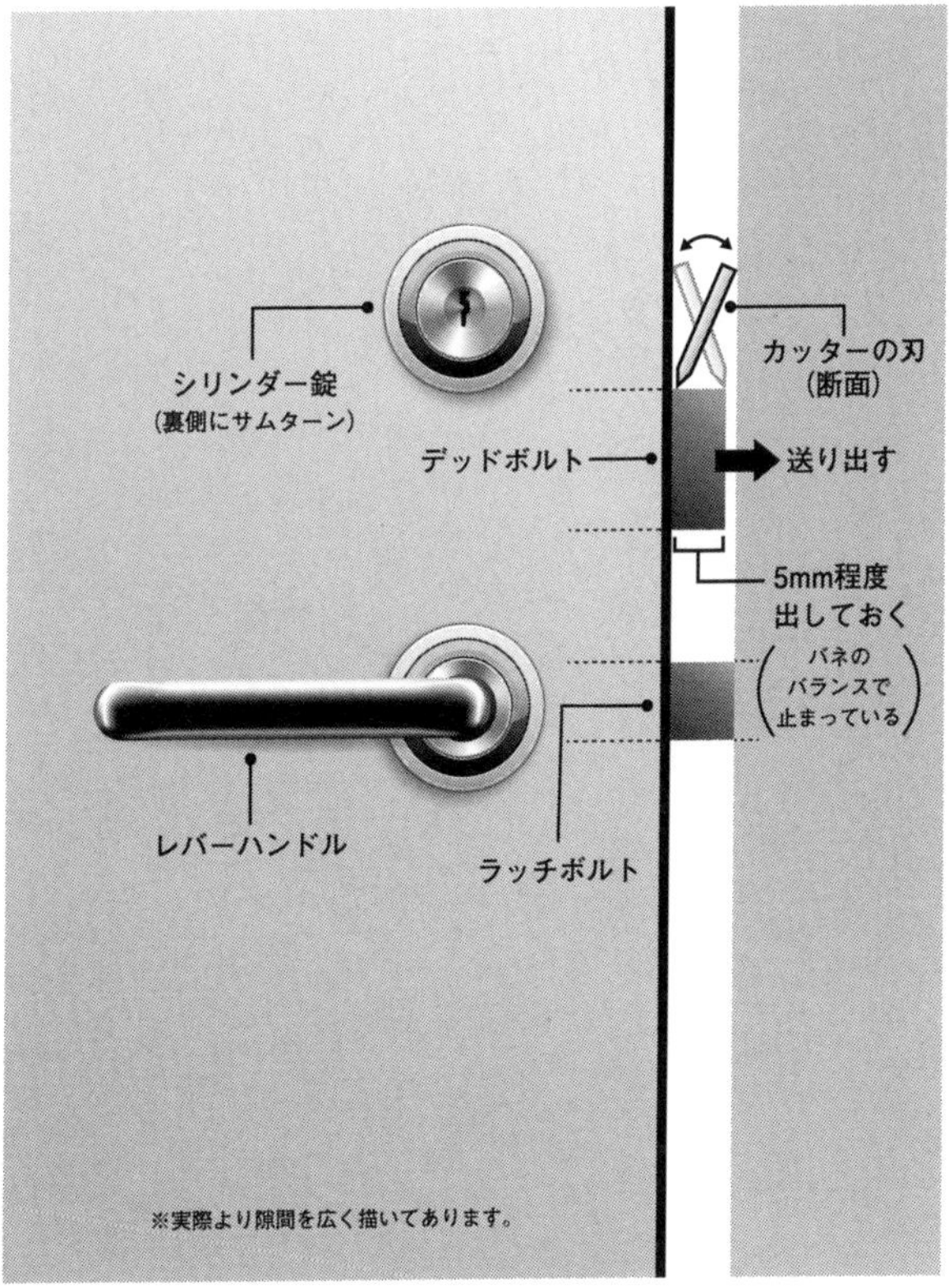
シリンダー錠
(裏側にサムターン)
カッターの刃
(断面)
デッドボルト
送り出す
5mm程度
出しておく
バネの
バランスで
止まっている
レバーハンドル
ラッチボルト
※実際より隙間を広く描いてあります。

ゃがみ込んでいる私を目撃したなら大ごとだ。言い訳のしようがない。焦る。

犯人もその時、今の私のように焦っていたのだろうか。思わず感情移入をしてしまう自分がいた。

「お客様ー、直りましたー」と、担当者の声がした。

まずい。戻ってくる。

カチャッ!

直後、とうとう五度目にして、見事デッドボルトの先端がウケ側に収まった。

私はレバーハンドルをガチャガチャと大げさに動かした。しっかり施錠されている。

「お客様ー!」

ガチャガチャ! ガチャガチャ! レバーハンドルをわざとヒステリックに動かす。

「お、お客様ー!」

私は玄関チャイムを押した。

しばしの沈黙。

「は、はい……」と、小さなスピーカーから電子的な声が恐る恐る答えた。

私はインターホンに向かって言った。「すみません、外でタバコを吸っていたら締め出されてしまいました」

ここでもし、タバコを見せろと言われたらアウトである。私は吸わないのだ。

しかしドアを開けた担当者はそれを気にするどころではないようだった。

「な、なんで鍵が掛かったんだろう……」

「トイレも変ですね」と、私は答えた。「やっぱり怖くなってきました……」

ダメ押しである。担当者はまさに幽霊を見たような表情をしていた。

これでさらに家賃が下がるなら、賃貸契約に踏み切ってもいいだろう。

しばらく思案していた担当者は、やがて蒼《あお》ざめた顔で言った。「申し訳ありません……ちょっと、この物件はお勧めできないかもです」

「いや」と、私は慌てて言った。「多少は我慢できますよ」

「いえいえ」と、担当者は首を振った。「またトラブルになってもよくないですし」

「もしお値段さえ――」

「すみません、ここはひとつ！」と、担当者は遮った。「――それとさっきのアレ、SNSとかには書かないでもらってもいいですか」

残念ながら、私のもう一つの目論見《もくろみ》は外れた。

「……そうですか」

私たちは厳しい顔で頷き合い、見学会は早々に切り上げることになった。

時間があるので東京駅までゆっくり歩きながら、千果咲にLINEで実験結果を報告する。

〔無事、お姉さんの部屋を密室化できましたよ〕

この日、私が人形町に行くことは伝えておいたので、すぐに返信がきた。

〔お疲れさまです〕〔本当だったんですね〕〔犯人が見つかった時、このトリックを突き付けてやれば動揺を誘うことができます〕〔本当にありがとうございました∧(＿＿)∨〕

千果咲は大いに気をよくしているようだった。

しかし、私は今一つ決定打に欠けると思っていた。ここのところ探偵慣れしてきたせいか、慎重になっているのかも知れない。

そこで私は一つ思い出していた。ひゐろの同人誌だ。

このサムターン錠のトリックは、くだんの同人誌を持っているか読むかした人間しか知らないはずだ。もちろん、自力で考案した可能性は否定できないが、もし犯人も読んでいたとしたら、どこかに形跡が残っているかも知れない。関連が突き止められれば、有力な状況証拠がまた一つ増えることになる。

犯人が紙屋であるらしい点に注目した。

同人誌の印刷用紙の供給を担当したかも知れない。その際、見本誌を受け取っているはずだ。印刷所に当たる必要がある。

千果咲に返信する。

〔まだ動くのは待ってください。もう少し材料を揃えたい〕〔心当たりがあります〕

〔わかりました。何卒よろしくお願いいたします∧(＿＿)∨〕

8

土曜日だが、〈ちがった空〉は営業するだろうか。ネットで調べると、定休日は日曜・祝日とある。開店時間は午後五時半だ。大丈夫そうだ。

私は映画を観て日中の時間を潰し、午後五時過ぎにゴールデン街に行った。

二階の店の窓を見上げる。まだ看板にも店内にも灯《ひ》は入っていない。店に通じる階段のドアを引くが、やはり鍵が掛かっていた。時間に忠実らしい。

どこかで待機しよう。

真向かいの店は、一階がまだ閉まっていた。二階の店は開いていて、窓の向きがちょうどいい。もし窓側に座れたなら〈ちがった空〉も見張ることができる。

私は〈十月《じゅうがつ》〉という名のバーへの急な階段を上った。

「いらっしゃい」と、髪をソバージュにした年配の小柄なママが迎えた。

店内には大人向けのポップスが流れている。壁にはたくさんの油絵。テーブル席が一つとカウンター席。先客は二人。

ちょうど窓側が空いていたので、頼んで座らせてもらった。換気をしているのか、窓ガラスも開いていた。都合がいい。

「ウィスキーをお湯割りで」と、私は言った。

「ジャックダニエルでいい？」

「ではそれで」

湯気の立つグラスを受け取り、窓の外を眺める。灯がともる気配は無い。

チビチビやりながら何度も窓外を気にしていると、ママが声を掛けてきた。

「お向かいさんが気になる？」

「ええ、まあ」

「あら、〈ちがった空〉なら今日は法事だとかでお休みよ」

そうだったのか。失敗した。

それにしても、他店の事情をよく知っているものだ。そういえば、店同士で交流があったりもすると聞いたことがある。

「そうでしたか、残念」

「もしかしてケンジさんに何か用事でも？」

私は一縷《いちる》の望みを託し、ひゐろの同人誌を探しているのだと話した。もちろん詳細は省いた。

「なんだ」とママは言った。「それならうちにも一冊あるわよ。確かその辺に……」

ママは私の横にある小さな棚を指差した。言われて気付き、手を伸ばして漁ってみると、果たしてひゐろの単行本と一緒に『ひゐろの研究』が出てきた。なるほど侮れないネットワークだ。

「拝見します。あと、写真も撮らせてください」と言って、私はスマホのカメラで赤い表紙を撮影し、ページを開いて奥付の記載も記録した。

お返しにと、私はお湯割りをもう一杯頼んだ。

「しかし、ひゐろちゃんも思い切ったことをしたものよねえ」と、ママは酒を注ぎながら嘆息した。

やはり噂はここでも広まっているらしい。

私は訊いた。「この同人誌は他のお店にも置いてあるんですか」

「ええ。〈ちがった空〉とうちと——あとは〈小鳥《ことり》〉くらいかな」

また知らない店名が出た。

「どちらのお店ですか」

「うちの真裏よ。一階」

となると、三つの店の客もそれなりに目にしていると考えるべきだろう。サムターン錠のトリックは意外と知られている。計算が狂った。

ともあれ、奥付にあった印刷所を調べる計画は予定通り実行するつもりだった。神保町の住所をグーグルに打ち込み、検索する。

白山通りから東方向の裏通りに入った所にある小さな印刷屋だった。ストリートビューの最新画像で確認する。少なくとも昨年末までは健在のようだった。

私はお湯割りを飲み干して会計を済ませると、同人誌の礼を言って店を出た。

念のため、〈小鳥〉を覗いてみる。

ブロックをぐるりと回り込み、裏手に着いた。

あった。ずいぶんと控えめな看板が出ている。ドアを開けた。

「いらっしゃい」

中は看板のイメージどおり小料理屋風で、演歌が流れている。カウンターの奥には坊主刈りのいかにも板前然とした中年店主がいた。客席に座ると、背中の壁には嵌め込み式の小さな本棚があった。書籍類がぎっしりと並んでいる。

煮物のお通しが出てきたので、私は日本酒の熱燗を頼んだ。

「ときに、こちらに山田ひゐろさんの本は置いてありますか」と、私は訊いた。

「ああ、ありますよ」と、やはり後ろの棚を指差した。「お客さん、ひゐろちゃんのファンなの？」

「にわかですがね」

「ひゐろちゃんもねえ、困ったもんだよねえ……」

店主の嘆息を聞きながら、私は棚を漁った。確かにひゐろの単行本が二冊ほどあるのだが、薄い本は見当たらない。

「同人誌って、ありますか」

「ああ、それなら大昔にもらったけど、ここには無いねえ」と、店主は遠い目をする。

「――確か店閉めた後に渡されたんで、持ち帰ったんだよなあ。家のどっかにあると は思うけど……見たい？」

そうだったか。すると、先ほどまでの想定よりはもう少し減ったかも知れない。

「いえ、それなら結構」

「あ、そう」

それで話題は尽きた。私は熱燗に口を付けた。

しばらくするとスマホが着信。見ると、また千果咲からのＬＩＮＥだった。

〔たびたびすみません。つい先ほどＫＫさんが第２問に応募してきました。スクショ を貼り付けます〕

私は浮足立った。すぐにトークルームにスクリーンショットの画像が現れる。

第２問

貴社名：

御名前：ＫＫ

解答：大変申し訳ありません。前回人形の家と書いて送った者です。その節は大変失礼なものをお送りして大変申し訳ありませんでした。じつは夫婦喧嘩《げんか》をしてしまいやけ酒を飲んで酔っ払ってうさ晴らしで送ってしまいました。むかし人形の家の芝居をみたときのことを思い出して書いてしまいました。破棄してください。大変申し訳ありませんでした。
Eメールアドレス：
私は脱力した。すぐに返信する。
〔KKさんはどうも関係無かったようですね〕
〔はい〕〔こういうの狂言ていうんですか〕
少し違うような気もするが、まあいい。
〔こちらの気も知らず、人騒がせですね〕
〔あちらは軽い気持ちで送ったんだと思います〕〔普通ならスルーですが、こちらがちょっと神経質になっていました〕
〔無理もないです〕
〔残るは「まき」さんなんですが……〕
〔そちらも引き続き検討しますが、あまり考え過ぎないでおきましょう〕
私は話題を変えた。
〔ところで、さっきの心当たりの件ですが、神保町の印刷屋に手掛かりがありそうです。近々訪ねてみます〕
〔本当ですか！〕〔助かります。よろしくお願いします〕
〔了解です〕

〔ではお休みなさい∧（│││）∨〕
私は、冷めてしまった熱燗を一気に喉の奥へ流し込んだ。

9

週が明けて月曜日。神保町界隈の営業回りついでに、私はくだんの印刷屋、〈三新《さんしん》印刷〉を訪問した。

画像で見たよりも古い店だった。奥では枚葉《まいよう》印刷機がカシャンカシャンと忙しく動いている。若い職人が一人、機械を見張っていた。インキの匂いが鼻孔を刺す。

ごま塩角刈りの六十がらみの店主に名刺を差し出し、紙屋だと告げる。

「紙屋さんは間に合ってるんだけどねえ」

「いや、そうではなく、ちょっとお尋ねしたいことがありまして――同人誌のことなんですけどね」

立ち話のまま私が切り出すと、店主は電子タバコを取り出し掛け、引っ込めた。

「ああ、同人誌ならよく扱ってますよ。いかがわしいマンガなんかもね」と言って、店主は後頭部を掻いた。「特にお盆前と年末は大忙しでねえ、うちはそれで割と潤ってますよ」

私はスマホを出し、『ひゐろの研究』の表紙と奥付の画像を店主に見せた。

「この本は覚えていますか。もう一〇年ほど前になりますが」

「――ええ、覚えてますよ。確か最近、作者の人が事件を起こしたとか……」

覚えていたようだ。話が早い。

「そうです、その人です」

「マンガの人がその後プロになるってのはよくありますけどね、この人の場合は小説家になったってんで、ちょっと印象に残ってましたねえ。で、こないだニュースで名前を見て思い出したところだよ」

「印刷用紙の代理店がどこか、訊いてもいいですか」

「隠すこともない、うちは大横ですよ」

〈大横《おおよこ》洋紙店〉か。私もよく知る中堅の卸商だ。確か岩本《いわもと》町が本社だったはず。人形町にも近い。

〝卸商〟とは、大口の企業を相手にする一次卸の洋紙代理店とは別に、このような町の印刷屋や小売店等を対象に商う二次卸のことだ。紙の取引の基本単位である一連＝一〇〇〇枚未満でも売り、細かいオーダーにも対応できる。自前の断裁機を持つ会社も多く、必要に応じで全判原紙を切り分けた半裁紙や四裁紙を売ったりもする。

社員はいわば〝ワンマンアーミー〟であり、大手紙商営業マンよりも多岐にわたる紙の知識を必要とされる局面が多い。ゆえに、大抵は私と同じ〝紙営業士〟の資格を持っている。

犯人は〈大横洋紙店〉の社員の可能性があるのか。

「担当の営業マンを覚えていますか」

「うーん、一〇年前のことで名前や顔は忘れてしまったねえ。名刺もどこへいったやら」と言いながら、店主はポンと手を叩いた。「ああ、確かその人、文学好きで、うちで時々扱う文芸の同人誌にはいつも特別に興味を示していたのは覚えているよ。――特に好きだったのが、太宰治《だざいおさむ》だったかなあ」

太宰治か。

言わずと知れた昭和初期の文豪の一人である。私はほとんど読まないものの、馴染みのある作家だ。地元、三鷹市は太宰の終《つい》の住処《すみか》があった土地で、街を歩いていると太宰に因んだ事物に出くわすことがよくある。

その時、私の頭の中をある連想が電撃のように走り抜けた。

太宰と言えば、これも未読だが『桜桃』という短編があった。それに因んで、心中によって亡くなった、正確に言えば発見された日が「桜桃忌」と呼ばれているのも知っている。

そして桜桃といえば、言うまでもなく千果咲の亡くなった姉、桜桃葉の名と重なる。桜桃葉、そして心中――。私は急いでストーリーを組み立ててみた。

太宰好きな営業マンの男は、その名前から桜桃葉が気に入り、近付いた。しばらく関係が続いたものの、どういう経緯かは知らないが、二人は心中に至った。しかし死んだのは桜桃葉だけで、男の姿は消えた――。

犯人候補を〈大横洋紙店〉の営業マンに絞ることはできた。だが、そこから先は攻め方が難しい。まさか会社に突撃するわけにもいかない。

あとは先方が接触してくるのを待ち、揃った状況証拠を突き付けるしかないのだろう。


私はその足で神保町界隈の出版社数社を回り、御用聞きをこなした。こなしただけで、新しい仕事は何も取れなかった。

各社の待合スペースで同業者と出くわすたび、〈大横洋紙店〉で不倫事件は無かったかと訊いた。まるで芸能ゴシップ記者だ。

しかし、大手代理店の二社ならいくらでも噂を聞くが、卸商の〈大横洋紙店〉では全く耳にしないと皆が口を揃えて言う。結局、本当に無いのか巧妙に隠されているのかは知りようがない。

それにしても、同業者に会う度に「もしや犯人ではないか」と疑心暗鬼に陥るのにはまいった。

ひとまず千果咲に今日の成果を報告しておくことにした。

神保町駅の都営新宿線ホームのベンチに座りながらスマホを取り出す。ＬＩＮＥのトークルームを開き、神保町の印刷屋でのやり取りを書き込んだ。

すぐに返信がきた。
〔ここで太宰が出てくるとはびっくりです〕〔姉も太宰を愛読していたので。自分の名前から『桜桃』に興味を持ったのがキッカケだったみたいです〕
符合した。
〔やはり犯人とは太宰繋がりということのようですね〕
〔はい、そう思います〕
となると、太宰周辺にもっとヒントがあるのかも知れない。千果咲も太宰に詳しいと助かるのだが。訊いてみた。
〔君も読むのかい？〕
〔いえ、わたしは太宰自身のキャラが苦手で少ししか読んだことないです〕〔そこも姉と趣味が違うところですね〕
まあ仕方がない。とりあえず先ほど私が組み立てたストーリーを書き込んだ。
すると、千果咲も心中に至った経緯を知りたがった。当然だ。
〔心中を装って姉を殺したんだと思いますが、それはなぜ？〕
〔邪魔になったとか。奥さんにバレそうになったとか〕
〔確かに、姉の方からバラそうとした可能性はありますね。姉ってそういうところは意外とアグレッシブだから〕
〔それでも離婚できる可能性は低かったとか。男にとって、離婚はできないし、バレ

るのも以後の立場がまずくなる。それで男の方が絶望したふりをして心中を持ちかけた……〕

〔可能性？〕〔バラされたら妻はまず離婚しようと考えませんか〕

電車がホームに入ってきた。ドアが開き、乗り込む。

〔問題はそれなんだ。どうしても離婚できない理由があったのかもしれない〕〔たとえば、そもそも家同士の思惑が優先される結婚だったとか〕

〔いわゆる政略結婚ですか〕

政略結婚か。真理子の言葉を思い出してしまった。

そういえば見合いの方はどうなっただろうか。話はまとまったのだろうか。それとも……。

そんな考えが急に頭の中でもくもくと膨れ上がっていったので、私は慌てて追い出した。

〔そんなところかな〕

〔バラそうとした姉が邪魔になって捨てようとした……。そんな恐ろしいことが〕

想像が想像を呼び、キリがなかった。

〔推論はこの辺にしておこう〕〔ところで、そろそろクイズの第3問について結論を出さないといけないのでは？〕

しばしの沈黙。長い。

〔すみません〕〔郵便物を受け取っていたので〕
そうだったのか。
〔忙しかったですか。申し訳ない。いったん終わります〕
〔待って〕〔紙人32面相宛てに気になる手紙がきました。封書に「三匹の子ぶたの件」と書いてあります〕
「三匹の子ぶたの件」だって？　もしや……。
〔「まき」からですか？〕
〔いえ、送り主の名前はありません〕
〔内容は？〕
〔開けるのが怖いです〕〔一緒に見ていただけませんか〕
千果咲が子供のようなことを言い出した。怯え過ぎではないか。
仕方がない。
〔移動中なので、このまま御社まで回ろうか〕
〔今どの辺りですか〕
私は車内の電光表示を見た。
〔都営新宿線市ケ谷《いちがや》〕
〔では、申し訳無いのでわたしも新宿まで出ます。第3問の相談もしたいので〕
〔外出はいいの？〕

〔世界堂《せかいどう》まで買い出しに行くと言います〕
〔了解。では駅中のどこか喫茶店で〕
〔着いたらまたＬＩＮＥします〕
〔了解〕

10

二〇分後、私たちは〈京王モール〉にある喫茶店内にいた。それぞれの前にホットコーヒー。

「わざわざすみません」と、千果咲は言った。「これなんですが――」

テーブルの上には茶封筒が置かれた。

宛名部分には、住所に続いて〝ＫＡＭＩ‐ＺＩＮＥ内 紙人32面相様　三匹のこぶたの件〟とワープロ打ちされた粘着紙が貼られている。

「開けます」と、千果咲が封筒を摑んだ。

「私がやろうか」

「いえ、自分が」

だが千果咲は少し思案すると、封筒の天地をひっくり返して、底の方から封を切った。用心のためだろうか。

「痛っ」と叫んで千果咲は封筒を放し、右手の指先を押さえた。

私は上半身を乗り出した。「どうしたの」

「何かで切りました」

見ると、人差し指から血が滴っていた。私はカバンから紙屋の七つ道具の一つ、バンドエイドを取り出した。よく紙で指を切るからである。

速やかに千果咲の指に巻いてやる。ひどく冷たい手だった。

「上から押さえて圧迫止血してなさい」

「ありがとうございます……」

私はさらにカバンから七つ道具に新たに加わったビニール手袋を取り出した。石橋刑事に倣って導入したものだ。両手に素早く装着する。

千果咲の代わりに慎重に封を開けた。今度は上からだ。封筒の中から三つ折のPPC用紙と、T字カミソリの替刃が出てきた。やはり脅迫状の類らしい。

ゆっくりと紙を広げる。それは二枚あった。一枚はワープロ打ちの手紙で、もう一枚は画像のカラーコピーだ。

文面を読む。

クイズの第一問ですが、なぜ私の解答が正解ではないのですか
私は②『三匹の子ぶた』と答えました

理由は、木で造られた家を狼が燃やした時、「ミシ、ミシ」と音がしていたからです
ミシ＋ミシ→ミシ2→ミシツー→密室
これが絶対に正解だと思います！
当選発表を撤回し、私を当選させてください
さもないとカミソリではすまないよ

文面の下には、ご丁寧にも社名と氏名が書かれていた。これでは捕まえてくださいと言わんばかりではないか。どうもメンタルヘルスに問題がありそうだ。

二枚目のカラーコピーには絵本の当該ページが写っており、確かに本文の中に「ミシ、ミシ」とあった。

それにしても、新たな〝カミ人〟の出現である。封筒を逆さまにしたことで怪我をした千果咲は、運が悪かったとしか言いようがない。そしてあの〝まき〟とは関係無かったようだ。

千果咲に文面を向けると、素早く目を通していた。

「ああ、これ。確かに見覚えがあります。でもオヤジギャグではダメですね」

耳が痛かった。

「手厳しい」

「上司に報告して警察に届けます」

「それがいい」

私はカバンから新しいクリアファイルを取り出し、手紙を挟んで千果咲に手渡した。

冷めたコーヒーを飲む。

「さて、気を取り直して第三問の検討に入ろうか」

「はい、そうしましょう」と言って、千果咲がタブレットを取り出した。

「お姉さんのことを仄《ほの》めかすという方針はそのママでいいかな」

「はい、それでいいと思います」

「洋紙銘柄になぞらえるアイディアもそのママでいいかな」

「いいと思います」

「確か、桜桃葉から丸住の〝チェリーシリーズ〟、イニシャルから王子の〝ＯＫシリーズ〟というところまで出てたな。——そういえば君たち姉妹は鳥取県出身だと言ってたね。もしかして米子《よなご》とか」

「いいえ、鳥取市です」

そう都合よくはいかないか。

「まあいい。王子製紙の工場が米子にもある。〈ＯＫ嵩王サテンＺ〉などは米子工場で作られているから、鳥取県を連想させるのではないか」

「はい、いいと思います」

「あとは何だろう」しばらく考え、言った。「お姉さんの血液型、星座を教えてくれないか。あ、ついでに干支《えと》も」

まるで恋をした中学生か占い師の質問だ。

「B型・牡羊座《おひつじ》・寅《とら》年です」

さすが、即答である。

「相手も知っているかな」

「確か相手も同じ寅年生まれだと、姉が嬉しそうに言ってたことがあります」

もし同い年ならわざわざ干支をあげつらって喜んだりはしないだろう。すると一回り程度、歳上ということだろうか。二回り上の可能性も視野に入れるべきか。

「では、たぶんお互いに知っているね」

頭の中の検索エンジンが始動。無数の銘柄がぐるぐると回った。すぐに一つがヒットする。

「B型と寅で〝bトラ〟がいけるのではないか。ひとまず星座は忘れよう」

〝bトラ〟とは、日本製紙の嵩高微塗工マット〈b7トラネクスト〉の通称だ。頭の〝b7〟は開発者の好きなギターコード〝B7〟に由来しているのだという。その心は〝調和〟だ。

書籍用紙として使い勝手がよく、人気が高い。〝嵩高〟なので、密度が抑えられて軽いわりには厚みが出るのだ。ムックやカタログなどにも重宝されている。

「それ、わたしも知ってます。いい紙ですよね」

「うむ」

　ヒントはもう一声と言ったところか。こうなれば奥の手だ。

　大王製紙の銘柄は〈ユトリロプレミアエクセル〉〈カントエクセル〉といったように、海外の歴史的文化人の名前から採っているのが特徴だ。画家・哲学者・詩人……。どれかが桜桃葉の興味の対象として引っ掛かるのではないか。思い出しながら名前を列挙した。

「――ユトリロ、カント、ハイネ、ゲーテ、ダンテの中で、お姉さんが興味ありそうな人は？」

「もう一度お願いします」

　私は紙屋手帳に書き並べて見せた。千果咲が覗き込む。

「姉は詩がとても好きでした。この中に詩人は三人いますが、恋愛詩のハイネに一番親しんでいたようでした。時々私や友達との手紙にも引用していましたから」

　もし犯人との手紙やメールのやり取りの中でも引用していたなら、しめたものだ。

「すると銘柄は〈ハイネスーパーフェザー〉あたりかな。――だいたい出揃ったようだ」

　抄造担当工場も含め、手帳に書き出す。

〈チェリー1S〉丸住製紙大江《おおえ》工場
〈OK嵩王サテンZ〉王子製紙米子工場
〈b7トラネクスト〉日本製紙岩国《いわくに》工場
〈ハイネスーパーフェザー〉大王製紙川之江《かわのえ》工場

千果咲が再び覗き込み、タブレットで撮影した。

「これらにはお姉さんに繋がるヒントの数々が詰め込まれている。これまでのヒントと合わせれば、犯人もそろそろピンとくるんじゃないかな」

「だといいですね」

「ただし」と、私は言った。「この四つの銘柄から導き出される何かを、読者に対する表向きの正解にしなければならない」

「何か共通点とかですかね」

「チェリーはセミ上質紙ベースの微塗工紙、サテンZはA2コートダル嵩高紙、b7トラは嵩高微塗工紙、ハイネは中質紙ベースの微塗工紙——うーむ、品質ではまとまらないな……」

「メーカーも場所も見事にバラバラですね……」

「それは却《かえ》っていいんだが」

千果咲がタブレットでグーグルマップを見ている。

やがて「あっ」と小さく叫んだ。

千果咲がアップルペンシルで画像に何かを描き込んでいた。

「なんだ」

「これです」と、タブレットを寄越す。

マップ上で、全ての工場の位置が赤い線で結ばれていた。

なんと。

綺麗な三角形になっているではないか。

さすがはデザイナーの着眼点だ。

丸住製紙大江工場と大王製紙川之江工場が距離的に近く、徒歩一五分ほどの間隔しかないのだ。地図上では誤差の範囲だ。四カ所を結んでもマクロな鳥瞰《ちょうかん》図としては三角形に見えるのである。

「四つのヒントから三角形が導かれるというのは、まずまずクイズらしい意外性があるね」

千果咲は頷いた。「表向きの正解としてはイケルと思います」

「もし犯人が自覚的なら、ここからさらに〝三角関係〟を読み取るかも知れないな」

桜桃葉が鳥取県出身。犯人とその妻が山口県と愛媛県の出身なら都合がいいが、さすがにそこまでの偶然はないだろう。

「では問題文は、シンプルに銘柄だけを列挙して『以上によって作られる図形を答えよ』で、いいですよね」と、千果咲は言った。

「正確を期するなら〝作られる〟よりも〝見えてくる〟かな」

「了解です」

第三問が決まった。

11

新たに目ぼしい解答者が現れないまま、第二問の応募締切が過ぎた。

三月に入り、私と千果咲の考案した第三問が掲載された『月刊KAMI・ZINE』が発行された。それには前回第二問の正解と、当選者である私の名も再び掲載された。

その日も外回りで〈頌叡出版〉の待合室にいると、居合わせた同業者たちから二連覇を妬《ねた》み混じりに持ち上げられた。

その中には年配の卸商、岸田もいた。

「羨ましいねえ。それも二回も。渡部さんのインタビューを読んで、なるほどそう考えるのかと感心したよ。俺なんか全然わかんなくて悔しいから、理由の方はテキトーなこと書いて送っちゃった」

やはりそういう人もいるのか。

「そうそう」と、岸田はカバンから何かを取り出した。「――こないだ〝スパイ手帳〟を見せてもらったんで、あれから自分でも家探《やさが》ししたら、こんなの出てきたんだよね」

その手に持っている物を見る。それも古い手帳だった。ビニールカバーに付いたバッジには〝ＳＲＩ〟とある。どこかで見たような字面だ。

受け取ってオビの文字を音読する。「メイジ文具『怪奇大作戦手帳』ですか……」

『スパイ大作戦』のインスパイアだろうか。

「子供の頃、好きだった〈円谷《つぶらや》プロ〉の特撮番組でね」

おどろおどろしい絵が印刷された板紙の表紙を開き、上質紙の本文ページをめくる。科学捜査研究所、的矢忠《まとやただし》、牧史郎《まきしろう》、三沢京助《みさわきようすけ》、トータス号――番組の解説に始まり、事件ファイル、そして主題歌集……。

挿入歌『死神の子守唄』のマザーグースめいた不気味な歌詞を目で追っていくうちに、あることに気が付き、驚いた。

〝紙人32面相〟のクイズの謎の解答者〝まき〟の文面とそっくりなのだ。

「三匹の子ぶたが旅をした」の〝三匹の子ぶた〟の部分が〝十人の娘〟になっているではないか。こちらがオリジナルだったのか……。そして〝まき〟は登場人物の〝牧〟とも符合する。

「〝十人の娘〟……」

「ああ、それね――」と、岸田が手帳を覗き込んで言う。「その子守歌の替え歌を書いて〝紙人32面相〟に送ってやったのさ。『三匹の子ぶたが旅をした～』ってね。謎かけ返しってやつよ。さすがの32面相もワケわかんなかったろうさ」

悪びれもせず言ってから、ガハハと笑った。〝まき〟は岸田だったのだ。私は開いた口が塞がらず、手帳を岸田の手に戻した。

その時、千果咲からＬＩＮＥが着信した。

〔新たなご相談があります。内密にお話ししたいのですが……〕

にわかに緊張した。何か進展があったのだろうか。

〔ＬＩＮＥではダメなのかな〕

〔今日は媒体資料の校了日で全員デザイン室に揃っているので、長時間は無理です。後ろには室長の目が光ってますし。定時頃には終わりますが、会議室は他部署でずっと埋まってて使えません〕〔それと、今回は私から賞金をお渡しするよう言われていますので……〕

私は返信した。

〔了解。定時後に動けるのなら、西新宿の私の事務所はどうですか。中野からはそう遠くないはず〕

〔はい。すみませんが、それでお願いします。19時頃になると思います〕

〔了解〕

私はスマホを持ち替えて真理子に電話をした。今日の帰りの送りを休ませてもらうのだ。真理子は型通りの不平不満を並べ立てた末に了解した。

午後七時一〇分過ぎ、千果咲が私の事務所にやってきた。地味なベージュのスプリングコートの下はいつものピンクのカーディガンとホワイトジーンズだった。

他の訪問客と同じように、棚にびっしりと並んだ各社の洋紙見本帳や見本誌の数々を眺め、驚愕《きょうがく》の表情を浮かべていた。

「うちも紙業界誌ですが、ここまでの紙見本はありません」と、千果咲は言った。

「売る方ではないからね」

私は応接セットのソファを勧め、サーバーからホットコーヒーを二つ取ってきた。ミルク、砂糖と共にテーブルに置く。

「お納めください」と言って、千果咲は熨斗袋を差し出した。

「ありがとう」私は受領書にハンコを捺《お》した。

「編集長に叱られましたよ。正解が当初と変わったじゃないかって」千果咲が舌を出した。「でも、実験してみたらそっちの方がリアルだったからと説得しましたけど」

「仕方がないね。犯人にアピールするためなんだから」

「あと、紙や本に関係無いじゃんていうクレームがけっこう来て、それについては副編からもイヤミを言われました。編集長だって副編だって、最初は気が付かなかったくせに……」

それも織り込み済みである。

「上司あるあるだな」

「あと、『懸賞クイズがエゲツない。購読料を賞金なんかに回さないで記事を充実させろ！』というクレームも少なくなかったです」

「そんなことを言ってくる輩がいるのか」

「頼みの綱の広告もガクンと減りました。それで……近々テコ入れをするそうです。わたし、ちょっと責任を感じてます」

思った以上に深刻なようだ。賞金を受け取った側としても肩身が狭い。だが、同誌の不振の大きな理由としては他に二、三点は思いつく。

私は首を振った。「いや、君のせいばかりじゃない。他に根本的に考え直すことがあるはずだ」

「そうですかねえ」

「あんまり気にしないように」

「はい……」と、千果咲はコーヒーを啜った。

その時、一つ思い出したことがあった。

「そういえばグッドニュースがある」と、私は言った。「例の『三匹の子ぶた』の替え歌を送ってきた〝まき〟という人物の正体がわかったよ。——私の同業者が悪ふざけをしただけだった」

「ああ、そうでしたか」

拍子抜けした。あれほど怖がっていたのに、意外と淡泊な反応だ。

「軽い気持ちでやったらしい。ひどいやつだよなあ」

「ええ。でも、あれはもういいんです」と、千果咲は晴れやかな表情で言った。「今日はわたしの方もグッドニュースがあるんで」

「というと？」

千果咲が半身を乗り出した。

「とうとう、犯人らしき怪しい人物が名乗り出てきたんです。今日の本題はそれです」

そうだったのか。

道理で〝まき〟から興味を失っていたわけだ。四月号が出てまだ間もないのに、思ったより動きが早かったようだ。

私は訊いた。「ズバリ言ってきたの？」

「いえ、仄めかしている感じでした。これです」と言って、千果咲はタブレットを差し出した。

12

第3問

貴社名：
御名前：紙人32面相ファン
解答：いつも楽しい問題をありがとうございます。
今日は、逆に私から問題をお出ししますので、ひとつ解いてみてはもらえないでしょうか。正解した場合にはご希望の額の賞金を進呈いたします。
それでは問題です。
「人形の家」で自殺者が出た場合、事故物件になるでしょうか。ならないでしょうか。
どっちでしょう。
解答は以下の宛先へいただけたら幸いです。下連雀《しもれんじゃく》・涙の谷より
Eメールアドレス：×××××@××××

「一見他愛のない冗談メールになっているのは助かりました。共用アドレスなので他の部員も自由に見られますから」と、千果咲は言い添えた。

「まるでスパイの暗号戦だな」

私は息を吐いた。下連雀というのが本当なら、私と同じ地元の三鷹市である。そして太宰の住まいのあった場所だ。しかし〝涙の谷〟という地名は聞いたことがない。

「自殺と事故物件か……リアリティがある」

「それだけじゃないです。最後の署名、わかりますか」

「〝涙の谷〟は署名だったのか。わからないな……」

「わたし、あれから太宰の『桜桃』を読んでみたんです。で、その中に出てくるキーワードが〝涙の谷〟なんですよ」

「そうだったのか。つまり、太宰と関連付けてお姉さんの名前を仄めかしてきた……」

「これは偶然とは思えません」

私は頷いた。遂に犯人はこちらのメッセージに気付いたのだ。

「第三問のチェリー・OK・鳥取県のキーワードが効いたんだろうか」

千果咲は首を傾げた。「むしろ、第二問の正解発表で、渡部さんのサムターン錠のトリックが的中していたんじゃないでしょうか」

「文面からして、確かにその可能性はある……」

気付いてから遡《さかのぼ》り、第一問のキーワードである人形町・レオポンズマンション・子ぶたならぬ小牟田で確信を得た。そうして犯人は、〝紙人32面相〟が自身の犯行の全てを把握していると気が付いたのだろう。

そして取引を持ち掛けてきた。

こちらが〝32面相〟という怪しい名を名乗り、暗号のようなやり方で密かに犯罪を糾弾していることから、「グリコ・森永事件」の〝かい人21面相〟と同じく営利目的の愉快犯だと考えたのかも知れない。千果咲の狙いどおりではあった。

「金で懐柔できると思っているようだ。金額は応相談らしい」

「それは……ちょっとわかりません。そう書いているだけかも知れません」

千果咲は意外にも冷静だった。

「それは、まあそうだが。——とりあえずどうする？」

「もちろん、誘いに乗ってやります。解答を返します」

私はまた頷いた。「確かにまずは反応してみせないと先に進まないな……」

「はい。それに、共用アドレスではやり取りできませんから。——答えは『事故物件になる』でいいですよね」

それは現地でも確認したのでたぶん正解だろうが、恐らく犯人はどちらでも構わないはずだ。とにかくコンタクトを取りたいのだ。

「それでいいと思う。ただし、まだそれ以上余計なことは書かない方がいい。君の連絡先を告げるだけに留めておきたまえ。新規のＧｍａｉｌアドレスがいいだろう」

「了解です。では早速アカウントを作成します」

千果咲はタブレットからスマホに持ち替え、手際よくグーグルのアカウントを作成していった。

「これでよし」

次いで、メールを手早く打ち込んだ。私に文面を見せる。

涙の谷さま
メールありがとうございます。クイズの解答は「事故物件になる」です。
ご査収のほど、よろしくお願いいたします。　紙人32面相より

「確認した」と、私は言った。

「では送信します」

千果咲のスマホがヒュウッと音を立てた。千果咲自身も、ふぅっと息を吐いた。

すぐに返信がくるはずもなかったが、私たちはしばらくスマホを見つめていた。電子メールではなく、SNSならばそれほどタイムラグは無かったかも知れない。とりあえず今はどうしようもない。

「いずれ接触を試みてくるだろうね」

「はい。そしたら、わたしは当初の計画通り会って自首を勧めようと思います、ついては――」千果咲はテーブルに手を突いて頭を下げた。「渡部さん、取引の場に同行していただけませんか。相手が下連雀在住だとしたら、たぶん会う場所は都内になると思うんです」

私は頷いた。「乗りかかった船だ、協力するよ」

「よかった……」

だが懸念がある。

「言葉遣いは丁寧だが、犯人が今の印象のまま、ことを穏やかに済ませるとは限らない。油断は禁物だ」

「……では、拗れた時のために警察の方に張り込んでもらったらどうでしょう。渡部さん、コネがあるって聞いたことがあります。なんとか協力を頼んでいただけませんか」

そんなことまで噂が広まっているのかと驚いた。

言われるまでもなく、私は旧知の石橋刑事を思い出していた。ひゐろの事件では石橋の役に立てなかった。この機会を利用して、その穴埋め――手柄を立てる手助けをさせてほしいと申し出たいところではある。だが……。

「確かにコネはある。しかし、神奈川県警の人なんだ」

「警視庁の方は……」

「残念ながらそちらは無い」

「じゃあ――」千果咲は少し考え、続けた。「相手を神奈川県側に誘導すればいいんじゃないですか。多摩川の向こう側に渡ればなんとか……」

単純な発想だった。だが……可能性は無くはない。

「もしそれができるならね」

私は立ち上がるとデスクの前に行き、ＰＣで石橋刑事がいる新多摩警察署の管内図を検索してみた。幸運にも多摩川沿岸が含まれている。上流は矢野口《やのくち》、下流は溝の口《みぞのくち》あたりまでを管轄しているようだ。

「これを見てみたまえ」

千果咲がやって来て、モニターを覗き込んだ。

「この枠内がお知り合いの活動範囲ですね。——新多摩警察」と、メモを取る。「わかりました。なんとかしたいと思います」

「では、知り合いに訊いてみよう」

私はその場で石橋刑事のケイタイに架電した。例によって留守電になったので、用事があるとだけ吹き込んでおく。

しばらく、犯人からの返信と石橋からの折り返し連絡を待つことにした。その間、検討課題をあれこれ話し合ったが、すぐに出尽くした。

「あれ、見てもいいですか」と、千果咲は棚を指差した。

「どうぞ」

千果咲は片っ端から各社の洋紙見本帳を取り出しては眺めていた。

だが、一時間経っても我々のスマホは反応しなかった。

とりあえず千果咲には一旦引き揚げてもらうことにした。

「これ、お借りしてもいいですか」と、千果咲が青い表紙の見本帳を手に取って訊いた。

特種東海製紙のファンシーペーパー〈TANT〉の色見本だ。親指大の紙の小片が実に二〇〇色分、手貼りされている労作だった。確かに眺めているだけでも楽しい。

「ああ、二冊あるから一冊あげるよ」

「ありがとうございます！」

千果咲は何度も礼を言い、帰って行った。


その晩遅く、石橋から折り返し電話がきた。事情をできる限り詳しく説明する。

「なぜです」

「──穴埋めとはお気遣い痛み入る。が、その頼みは聞けんな」と、厳しい第一声。

「事件になっていないものに出張るわけにはいかない。そもそも心中偽装の件も根拠が薄弱だ」

「そこは防犯の精神で何とか……」

「やりたくてもできんのだ。──囮《おとり》捜査は違法だからな」

「違法？　ドラマではよく見掛けますが」私は疑り深く言った。

「そりゃドラマだからさ。ごく特殊な例だ。第一、市民を危険に晒《さら》すわけにゃいかない。それに、元々は都内の話なんだろう？　神奈川のしかも所轄署員の出る幕じゃないぜ」

私は頭を掻き掻き言った。「まあ、そうなんですが。──事件が多摩川沿岸の神奈川サイドで起きるとしたら……どうですか」

「そりゃ、起きる、じゃなくて起こす気なんだろう。危険だ。絶対にダメだ」

さすが勘がいい。ごもっともだと思った。そこまで言われたら諦めるしかない。

千果咲にもそう説明しよう。私は逆に安堵した。

「……仰る通りです。つまらぬことを訊きました。忘れてください」

「忘れるのは得意だよ」と欠伸混じりに言って、石橋は通話を切った。

石橋とのやり取りをそのまま千果咲にLINEで伝えた。遅い時間にも拘《かか》わらず、すぐに返信がきた。
〔残念です〕
〔お役に立てず申し訳ない〕〔あとは探偵か警備会社に頼むしかないのでは〕
〔お金が心配です〕
そうだった。でなければ、そもそも私に頼んできたりはしない。
〔失敬した〕〔ところで先方からの返信はまだですか〕
〔全然です〕
じっくりと善後策を練ることになり、新たな相談の日取りを三日後と決めた。
しかし二日後、ことは急展開を見せた。

13

三月一三日の午後五時過ぎ。初台のレンタルガレージからアヴェンタドールを出し、真理子を迎えに行くため甲州《こうしゅう》街道に入った時だった。

突然、千果咲から電話が入った。イレギュラーだ。嫌な予感がする。

私は真理子が置いていったハンズフリー用のヘッドセットを掛けた。微かな香水が鼻孔をくすぐる。スマホの受信ボタンを押した。

「どうしたの」

「これから〝涙の谷〟さんと会うことになりました。ご報告しておかなければと思って……」

私は焦って言った。「そんな勝手に……！　私との約束と違うじゃないか」

「すみません。あちらが、これからすぐ会いたいとメールしてきたんです。断ればもうチャンスが無いと思って承諾してしまいました。でも……文面はやっぱり紳士的だし、姉の件は確かに自殺で、これには込み入った事情があるのできちんと説明したいということでした」と、千果咲は早口で一気に話した。

私は溜息《ためいき》をつくしかなかった。時間的に相談する余裕が無かったとはいえ、あまりに急過ぎる。

私は車を路肩に寄せて停めた。

「仕方がない。私もすぐにそちらに向かう。時間と場所は？」

「一八時に田園都市線の二子新地《ふたこしんち》駅で待ち合わせました。わたしのリクエストを聞いてもらった形です。最初は二子玉川《たまがわ》駅になりかけたんですが、多摩川のこちらになってしまうので、二子新地に話しやすい喫茶店があるのでそこに行きたいと説得して、なんとか多摩川の向こうということになりました。わたしは今、渋谷駅で乗り換えているところです」

私はカーナビの地図を見た。二子新地なら川崎市高津《たかつ》区か。新多摩警察署の管区ではないが、上出来の部類だろう。

「了解した。私が着くまで時間を引っ張れないか」

「やってみます。……もしもわたしに何かあれば、後はよろしくお願いしますね」そう言い残して千果咲は通話を切った。

無茶をしてくれるなよと祈りつつ、次に私は真理子のケイタイ番号を呼び出した。

「あら、どうかした？」

「すまない、また急用ができた。今日の送りは無理だ」

「またなの？――ははぁ、さてはお客さんの在庫を切らしてスライディング土下座しに行くとか」

「まあそんなところだ」

「違うでしょ。声でわかる。——そうか、何か事件なんじゃないの？　また犯人を追っかけてるとか」

「ご想像に任せる」

「やっぱりね。一発ガーンとやってやんなさいよ。ただし〝アヴェ子〟に傷を付けたら承知しないんだから。じゃあね」

真理子は一方的に通話を切った。いつの間にか愛車アヴェンタドールのことを〝アヴェ子〟と呼ぶようになっていたらしい。この車が女性設定とは知らなかった。

車を発進させる。甲州街道を鋭くUターンし、初台から首都高に乗った。真っ直ぐ南下して行く。

大橋《おおはし》ジャンクションで東名《とうめい》方面の三号線に乗り換えた時だ、千果咲から再び電話が入った。

「すみません。先方の都合とかで目的地が変わりました。ちょっと西の方で、〈緑ケ《みどりが》丘《おか》霊園〉という所です。わたしは溝の口駅まで行って、バスに乗り換えます。時間も一八時半に変更です」

霊園だって？　これはフ、ラ、グ、が立っているということではないのか。

「絶対に怪しいぞ」

「わたしもそう思います……。でも、今さら引き返せません」

私はカーナビで位置を確認した。霊園はかなり広大なようだ。

「とにかく、独りで会わないよう時間稼ぎしてくれ。霊園は広そうだ。詳しい地点がわかったらまた知らせてくれ」

「了解です」

私はすぐさま石橋刑事に電話をした。石橋にしては珍しくすぐに出た。助かる。

「いいところに電話をくれた。今日は非番なんだ。俺がこんなことを言うのもなんだが……たまには一緒に呑まないか」と、呑気な声が聴こえてきた。

なんと。非番ということは休みだ。署にはいないということだ。

恐る恐る訊く。「今、どちらですか」

「祖師谷《そしがや》だよ」

小田急線の祖師ヶ谷大蔵《おおくら》か。それほど突飛な位置でもない。

「すみません、実は――」

私は訳を話し、警官を〈緑ヶ丘霊園〉に急行させてほしいと頼む。

石橋は多少は真剣な態度になったものの、やはり大儀そうだった。

「あーあ、あれほど言ったのに、やってくれたか……。事案内容も場所も曖昧過ぎるし、こっちは非番だし、リモートでの細かいオペレーションは無理だ」

「ならば、石橋さんが同行してくれませんか。あと――二〇分ほどで迎えに行きます」

「いや、もう飲み始めてしまった」

「そこをなんとか」

「酔っ払いの老いぼれ刑事なんて役に立たないぞ」

「そこはひとつ〝酔拳〟で」

しばしの沈黙。

「……しょうがねえなあ。いつもだったら動きようがなかったが、あいにく、今日は非番だ。――そうだな、二〇分後に南口の〈真実〉というバーの店先に出ているよ。祖師谷通りだ。一応、署にも連絡を入れておくが、そっちはあまり期待しなさんな」

「恩に着ます」

用賀《ようが》の出口を降り、環八《かんぱち》を北上。新緑の兆しある〈砧公園《きぬた》〉を左に見ながら、埃っぽい大通りをひたすら走る。

小田急線に突き当たる手前で左折し、狭い道を西へ。

祖師ヶ谷大蔵駅南口の〈ローソン〉の並びにある、小さな渋い店構えのバーが〈真実〉だった。

約束どおり、店の前で石橋が佇んでいた。チェック柄のシャツに釣り人が愛用するようなダウンベストを羽織っている。手にはミネラルウォーターのペットボトル。

「これが噂のランボルギーニか」と、石橋がシザーズドアをペンペン叩きつつ乗車してきた。「常磐道《じようばん》を二四〇キロねえ……」

元来た道を戻り、環八を今度は南下。瀬田《せた》で二四六に入り南西へ向かう。

多摩川を渡る頃には、助手席の石橋はペットボトルを抱き鼾《いびき》をかいて眠りこけていた。〝飲み始めた〟どころではなく、既にかなりの量を摂取しているようで、顔も赤ければ息も酒臭い。少し心細くなってきた。

川崎市に入り、南武線に沿ってさらに西へ走っていると、千果咲から電話が入った。

「正門を入って右端の道を歩いています。〈噴水広場〉という所を目指しています」

「わかった」

津田山《つだやま》駅近くの踏切を越えて南に入ると、両側に石材店が立ち並ぶ、くねくねとした坂道が続いていた。

やがて低い石の門柱が見えてきた。そこを潜《くぐ》ると正面に管理事務所があり、看板に赤い文字で〝閉門午後7時〟と大書されている。あと三〇分しかない。隣の案内図を見て〈噴水広場〉の位置を確認する。

右端の道へアヴェンタドールをゆっくり進める。

石橋が目を覚ました。「ぐあーっ」と伸びをし、盛大に放屁《ほうひ》した。真理子が知ったら何と言うだろう。

ふと、街路灯に照らされる真っ赤なボンネットが気になった。墓地では目立ち過ぎだ。私はグローブボックスから小さなリモコンを取り出し、スイッチを押した。

ボディの色が漆黒に変化した。

「なんだ⁉」前を見ていた石橋が素っ頓狂な声を上げた。「変わったぞ」

「ああ、説明していませんでしたか。――ボディに〝電子ペーパー〟が貼ってあって、フィルムの中の色の粒子が電圧の変化で入れ替わるんです」

「あれ？　どこかで見たような……」

「ええ、ＢＭＷも同じ機能のコンセプトカーを発表しています。テレビのニュースでも流れました」

「ああ、あれか。——でも、なぜお前さんがコンセプトカーを？」

　この車のカラーチェンジ機構は、オーナーである真理子独自のものだ。会社の新規事業として立ち上げたプロジェクトの一環である。電子書籍のデバイスを参考に、彼女が誰の手も借りることなく独りで進め、ＢＭＷよりずっと早く世に発表したものだ。

「話せば長くなりますが——」

「じゃあいい」

　さらにゆっくり一〇〇メートルほど進むと、車両通行止めとなっていた。路肩に駐車し、石橋の肩を叩いた。

　私たちは車を降り、緩やかな上り勾配の小路を歩き始めた。石橋がペットボトルの水を口に含んだ。うがいをしている。

「待ち合わせ場所は〈噴水広場〉だそうです」

　石橋が水を噴いてから言った。「そうか」

　今度は赤い看板が現れ、〝火気使用禁止　バーベキュー等調理行為禁止〟とあった。

　まさかと思ったが、南の地方では先祖代々の墓で宴会をする習慣があると聞いたことを思い出した。

　私たちは薄暮れの墓地の中を進んでいった。

「あんまり気色のいいもんではないな」と、石橋は言った。

「刑事さんでもそうですか」

「そりゃそうさ」

　霊園は名前通り丘の頂上にあり、木々が疎《まば》らで見通しがいい。昔観たモノクロのゾンビ映画の舞台になった墓地にそっくりだと思った。

　しばらく歩いていると、また千果咲から着電。

「〈噴水広場〉からまた移動になりました。次の十字路です」

　私は石橋に言った。「待ち合わせ場所が変わりました」

「まずいな。尾行者がいるとバレたんじゃないのか……」

14

　千果咲の通話は切られることなく、歩を進めるリズムに合わせた息遣いが続いている。

　やがてまた千果咲の声。

　しかし私に対する語り掛けではなく、誰かとの会話のようだ。

相手と合流したらしい。

「現れたらしいです。急ぎましょう」と、私は石橋に言った。

小さく駆け出す。石橋もすぐに追従したが、飲酒のせいか歳のせいなのか、はぁはぁと息が荒い。

「編集長⁉」と、スマホから千果咲の声。

なに？

編集長、だって？

ということは、相手は『月刊ＫＡＭＩ‐ＺＩＮＥ』の編集長、対馬だというのか。

全く意表を突かれた。

紙商だという手掛かりならいくらでもあったが、まさか業界誌の編集者とは思いもよらなかった。

それは当の千果咲も同様だろう。

それにしても、まだ距離があるのか対馬の声は聴き取りにくく、断片的にしかわからない。

「申し訳なかった……挫折して……死にたかった……桜桃葉と……だけど自分だけ……」

「そんな、ひどい！」と、千果咲が返す。

「今度も挫折……もうダメだ……死ぬしか……」対馬がうわ言のように続ける。

「ずるい！」

最初はひたすら桜桃葉のことを謝っていたようだったが、段々様子がおかしくなってきた。

「君も……一緒に……」

同じ釈明をくどくど繰り返した挙句、対馬は千果咲を道連れに死のうとしている気配がある。

「編集長、火なんかやめてください！」と、千果咲の声。

火だって？　まずい。だが視界には入ってこない。

「冷たい！　水？……じゃない、灯油を掛けられた！」

本当に灯油だろうか。

「ガソリンじゃないのか？」私は問い掛けた。

「匂いが違います！」と、千果咲が返事をした。

「逃げろ！」と、私は返した。

「逃げてます！」

そして荒い呼吸音が続く。

これでは『三匹の子ぶた』の替え歌どおりの展開ではないか。

「今どこだ！」

「十字路、右、カーブ、坂！」

場所の手掛かりを伝えてくる。

私は復唱して石橋に伝える。「十字路、右、カーブ、坂!」

石橋は数メートル遅れて付いてきた。こちらもぜぇぜぇという苦しそうな息の音。

前方、薄暗がりの中、小さな十字路が見えてきた。右手に折れる。確かに坂になっていて、右回りにぐいとカーブしていた。両サイドは藪《やぶ》と擁壁で、かなり寂しい場所だ。

上の方に火が見えた。

いや、カーブミラーに映っていたのだ。私はスピードを落とし、そろりそろりとカーブを曲がった。前方約一五メートルの辺りに、ようやく実際の火の手が見えてきた。長身の対馬が千果咲を擁壁に追い詰めていた。その右手にライターと思しき火種。火炎が上に向かって長く伸びている。

どう動く?

石橋がようやく追い付いた。息が上がっている。私はカーブの先をそっと指差した。

その時、対馬は火種を持った腕を大きく振り上げた。

「警察だ!　動くな!」と、石橋が荒い息の中で一喝した。

対馬が手を下ろして振り向いた。が、再びゆっくりと千果咲の方に視線を戻した。

私は屈《かが》んで地面に手をやり、石を探したが、道が舗装されていて見つからない。

身体を起した時、私は鼠蹊《そけい》部に圧迫感を覚えた。ポケットに〈キリフダグロスブルーセンター〉のトランプがあるのを思い出した。

対馬が腕を振り上げた。

私はトランプの箱を素早く取り出し、握りしめた。

カードを飛ばすのは得意だったが、箱ごと投げるのは初めてだ。距離は約一五メートル。できるのか。

ええい、ままよ！

対馬の右手を狙ってサイドスローで投げ付けた。

「独りで逝けぇ！」

ヒュッと風を切る音。

ガッ！

命中した。赤い火種が対馬の足元にカツンと音を立てて落ちると、ボールがバウンドするかのように下から上へ炎が燃え上がった。

対馬の身体に着火したのだ。既に灯油を浴びていたらしい。

瞬《また》く間に炎に包まれる対馬。

対馬が地面に転げ、のた打ち回った。

石橋が対馬に駆け寄った。ベストを脱ぐとペットボトルの水で濡らし、火だるまの対馬の上にかぶせ、押さえ付けた。

私も一拍後遅れて駆け寄り、脚の方に上着を被せ、叩いた。

やがて火は消し止められ、対馬は動かなくなった。生きているのか、それとも……。傍《そば》で千果咲が震えながらしゃがみ込んでいた。私は手を差し伸べた。

石橋がケイタイを取り出し、県警に応援を要請した。

私は石橋に耳打ちした。「『独りで逝け』と言ったのは、どうか内緒にしておいてください」

酒臭いゲップが返ってきた。

15

水もすっかり温《ぬる》んだ三月下旬、夕刻。薄い黄色のスプリングセーターを着た千果咲が、西新宿の私の事務所に来ていた。

「やっぱりここは落ち着きますね……。紙の匂いのせいかな」と、千果咲は前回来た時と同じく見本帳の列に手を伸ばしながら言った。

「慣れているせいか、気にしたことはないね」と、私は答えた。

「いつか工場見学もしてみたいな……」

「見学ツアーの案内がきたら、君にも知らせよう」

「本当ですか？　よろしくお願いします！」

しかし製紙工場独特のあの酸っぱいような臭気を嗅いでも、果たして落ち着くという意見は変わらないだろうかと、私は少々意地悪く思ってしまった。

心中事件の被害者の血縁であり、心中未遂事件の被害者当人でもある千果咲。そして心中未遂事件の容疑者逮捕の協力者である私。両者は別々に警察の事情聴取を受けたので、この日は互いの情報を持ち寄って擂り合わせるのが主な目的だった。

私たちはホットコーヒーを片手に、応接セットで向き合った。

先に口火を切ったのは千果咲だった。「渡部さんに何事もなく、あと、特にお咎めも無かったようで安心しました」

「ありがとう。──犯人の対馬は軽い火傷《やけど》を負ったものの、命に別状は無かったそうだね。ひとまずホッとしたよ。犯人とはいえ、自分の手でバーベキューにしてしまったとあっては寝覚めが悪いからね。私のトランプ投げは緊急避難の手段として認められたんだ」

千果咲は笑顔を見せた。「よかったです。そこが気になっていましたので」

心中の強要、つまりは殺人未遂の現行犯で逮捕された対馬は、神奈川県警によって取り調べを受けたが、当初は黙秘を決め込んでいたらしい。だが、千果咲が提出した音声データを突き付けてやると、遂に観念したのだという。

「しかし当時、スマホの通話状態では対馬の声はよく聴こえていなかったようだが……」

千果咲は頷いた。「実は、会社の備品のＩＣレコーダーを持ち出して回していたんですよ」

　私はインタビューを受けた時の高感度ＩＣレコーダーを思い出した。用意周到である。

「ああ、あれか……」

「はい」

「さすがだ。――それにしても、あの日は急だったので、慌てたよ」

「すみませんでした。もちろん、わたしも日を改めてほしいと何度もお願いしました。でも、編集長――いえ、あの人がどうしてもその日でないと駄目なんだと譲らなかったんです。そうじゃないと会わないと。――後でわかったんですが、あの日、三月十三日は太宰治の月命日だったんですよね。だからあの人はこの日に拘ったんです。自分の〝対馬〟という苗字が太宰の本名の〝津島《つしま》〟と由来が同じということで、学生時代から傾倒していたらしいんですが……単純過ぎませんかね」

　私は顎を引き、コーヒーを口に運んだ。千果咲も倣った。

「――お姉さんの相手が紙屋らしいということで、私はそれを手掛かりに〝捜査〟を進めていたんだが、まさか紙業界誌の編集長に転身していたとはね……。いや、盲点だった。私が調べたところ、二年前までは確かに卸商の〈大横洋紙店〉の社員として営業の職に就いていたらしいんだが」

　千果咲は頷いた。「わたしにとっては、まさに〝灯台もと暗し〟でしたね。――グラフィックデザイナーだった姉とあの人は紙の見本市で知り合ったらしいです。あの人が妻帯者だと知っていたにも拘わらず、姉は関係を作ってしまった……。――これは後から漏れ聴いた話ですが、姉は将来的に絵本と紙のセレクトショップを開きたかったらしいんですが、それにはあの人が支援してくれるはずでした」

「それで関係が深まったのか……」

「ええ。でも、元々営業の仕事に向いていなかったあの人は失態を繰り返し、退職の危機にありました。経済的にも追い詰められ、やがて自暴自棄になって、姉への支援も難しくなった。ショップ開店の念願を断たれて落ち込み、且《か》つあの人への同情もあった姉に心中を持ちかけて、一緒に睡眠薬を大量に飲んだ。ところがあの人は生き残り、姉だけが死んでしまった……。体格差を計算に入れず、自身の睡眠薬の量が足りなかったらしいんです。自分だけ生き残ったあの人は怖くなり、咄嗟に現場を密室に仕立て上げ、独りで逃げた……」

「許せないな」と、私は言った。

千果咲が再び頷いた。

トリックは私の睨んだとおり、対馬が営業マン時代に入手した、ひゐろの同人誌を参考にしたらしい。

また、心中の際の遺書に対馬の痕跡が無かったのは、至極単純な偽装だった。毛筆に自信のある桜桃葉に文面を書かせ、最後に揃って署名したので、後で自分の名前の部分を切り取ったのだという。

「遺書を改めて調べたら、対馬の指紋も少量だが採取されたらしいね」と、私は言った。

「自分の署名を姉の次にするなんて。後で偽装する気満々ですよ」

私は頷いた。「確かに、いささか抜け目の無さが窺えるな。果たして本当に心中を企図していたのかどうか……。その辺りはいずれ、警察が明らかにするだろう」

千果咲は大きく頷いた。

その後、対馬はひっそりと〈大横洋紙店〉を退職し、知人に頼まれて『月刊KAMI‐ZINE』の創刊に立ち会い、首尾よく初代編集長に就任した。元々文芸が趣味なので、水が合っていたようだ。

千果咲が続けた。「就活で紙業界紙の面接を片端から受けていたわたしは、自然な流れでKAMI‐ZINE社にも行った。あの人はすぐにわたしが元愛人の妹だとわかったようです。自分と姉との関係は伏せつつ、あの人曰く〝せめてもの罪滅ぼし〟のつもりで採用を後押ししたらしいです。同じ理由でわたしの懸賞クイズ企画も依怙《えこ》贔屓《ひいき》でプッシュした。ところが、わたしがどうやらそのクイズ問題によって姉の心中の相手探しを始めたらしいことに気付いたんです。いつか自分と姉との関係が暴かれるのではないかと戦々恐々としていたんですね」

私は顎を撫でた。「君はあの会社に入れてよかったのか、それとも悪かったのか……」

「結果的にあの人にプレッシャーをかけていたことになるので、よかったんだと思います。そもそもあの人がわたしに気付いていなかったなら、クイズ作戦が本当にうまくいったかどうかも疑問ですし」

なかなか冷静な分析ではある。

だが、懸賞クイズによる知名度アップ作戦も虚《むな》しく、『KAMI・ZINE』自体の売り上げも広告収入も減ってしまったという。結果、早急なテコ入れ策が必要とされた。

そういう状況の中、編集長交代の話が決定的となっていた。対馬はまたも〝不要な人間〟の烙印《らくいん》を捺され、人生に絶望し、そしてまたも自暴自棄になってしまった。

「しかし、妹の君まで道連れにしようとするとは、どこまで自己中心的で卑劣なやつなんだろう」

千果咲は頷いた。「懸賞企画の連帯責任のつもりなんでしょう。――そもそもあの人は、若い頃から度々自殺未遂騒ぎを起こしてきたらしいですね」

「太宰が好きだったから、影響を受けたんだろうか。太宰も自殺未遂を繰り返し、最期は心中だったという……」

「でも、そういう影響の受け方って、おかしくないですか」

私は頷いた。「確かにそうだ。文学的に影響を受けるならまだしも、対馬の場合はあまりに表層的過ぎる」

「文学的影響といえば、『ＫＡＭＩ‐ＺＩＮＥ』創刊二周年記念号に載ったあの人の挨拶文に『笑われて、笑われて、強くなりたい』とありましたが、あれは太宰が残した言葉の引用だったんですよ」

どこかで聞いたことがあると思ったのは、そういうわけだったのか。

「それにしたって、やはり表層的ではないのか」

「ほんそれです」

表層的に太宰にかぶれていた対馬は、私と同じ三鷹市に住んでもいた。いつだったか、街ですれ違って声を掛けてきた男がいたが、あれは対馬だったのかも知れない。

それにしても、太宰への憧憬があったからといって、あまりに身勝手で理不尽な人間だと言わざるをえない。

「ともあれ――」と、私は言った。「〝密室〟で炙《あぶ》り出された対馬だが、彼の心が〝密室〟そのものだったわけだな。その〝密室〟の扉が完全に開放される日は、果たしてくるんだろうか」

千果咲が首を捻った。「その文学的喩え、ちょっとクサくないですか」

「これは手厳しい」と、私は昭和の作法で頭を掻いた。「でも、逆に君の心からは〝密室〟そのものが取り払われたんだと言わせてもらってもいいかな？　お姉さんの〝弔い合戦〟に見事勝利したんだから」

長い間、千果咲の胸にわだかまっていたであろう人形町のマンションの密室トリックも、犯人も暴かれた。だから、この喩えには自信があった。

「確かに……」と言った千果咲は、却って暗い表情をした。「――でも、姉の人生って、いったい何だったんでしょうね。人のために自分の命を投げ出してばかり……」

この問い掛けに、私は黙り込むしかなかった。あまりに難し過ぎた。桜桃葉に関して私が知っていることは、グラフィックデザイナーだったということだけなのだ。

「……」

沈黙が続く。

私は耐え切れず、苦し紛れに言った。「〝デザイナー人生〟だったんじゃないかな……」

「デザイナー……」千果咲が繰り返す。

私の頭の中では、いつものように上首尾とはいえない連想ゲームが始まった。かつて桜桃葉によって交通事故を回避できた千果咲は、生き永らえ、姉に憧れてデザイナーになり、紙業界に入った――。

つまり、千果咲もまた桜桃葉によってデザインされたのだ……。

「そして君も、お姉さんの〝作品〟の一つなんだ」

言ってから、しまったと思った。ひどいこじつけで、これまたひどくクサい。それに、千果咲の意思が不在ということになってしまうではないか。

言いたかったのは、桜桃葉の生き様を見つめ続けた千果咲が、姉の影響を受け、同じ場所で羽ばたこうとしているということだった。

「作品……」そう呟いた千果咲は、しかし今度は力強く頷いた。「それは、言えます」

私は面食らい、そして安堵の吐息をついた。どうやら伝わったようだ……。

「ところで」と、私は親指と人差し指で水平に作った〝C〟の字をクイと上げて言った。「君はお酒は飲めるのかい」

「ええ、人並みには」

「この後、もし時間があったら一杯どうかな。ゴールデン街にいい店があるんだ」

千果咲は微笑んで言った。「はい、お供します」

私たちは冷めたコーヒーを飲み干し、立ち上がった。

エピローグ

密室、密室、密室――今年初頭は〝密室〟に振り回されっぱなしだったな、と思う。今、こうして春先の宵闇を疾駆しているランボルギーニ・アヴェンタドールも、いわば走る密室と呼べなくもない。当たり前だが走行中は誰も出入りは不可能だし、ここでの会話も出来事も、決して外には漏れないのだ。

密室に端を発し、ちょっとしたスキャンダルになった『月刊ＫＡＭＩ・ＺＩＮＥ』だが、しかし廃刊――実際にそうなったら〝休刊〟と書くのだが――ということにはならなかった。

悪運強く、結果的に知名度が上がり、不振だった売上げと広告収入が徐々に上向きに転じたからだ。一般雑誌とは違って、風評が必ずしもマイナスに作用するとは限らないらしい。評判を立て直すべく、菊池新編集長の下、部員たちは奮起しているという。その中にはもちろん、千果咲もいた。

クイズ第三問の正解者はギリギリまで現れなかったらしいが、アメリカにデザイン留学している千果咲のカレシに出題してみたところ、すぐに解いてしまったというのだ。さすがは千果咲と同じデザイナー、図形には強いということか。

半ばヤラセで応募させ、その賞金を私に回すことで今回の依頼の報酬にするという。そうまでして会社に払わせるとは、千果咲は存外したたかな女である。実はカレシと超遠距離恋愛中だったということにも驚かされた。これまで、おくびにも出さなかったではないか。

会社は巡り巡って、対馬を無思慮に雇用した責を負わされたということになる。ただ、短絡的に私にヤラセ当選させようとしなかったのは千果咲の良心か。それではカンニング行為と同じことになってしまうからだ。

カンニングといえば、あの〈馬場同志塾〉の〝ＢＤ７〟たちは、心を入れ替えて勉学に励んでいるようだ。サード君も、めでたく夏までは野球を継続することを許されたらしい。一方、ダーツ君の練習は場所も時間もあまり関係無いので、その腕前にはますます磨きが掛かっているという。ただし、一番前の席に移動させられたらしいのだが。

そして塾の裏手の倉庫では、相変わらず土生井が〝懐かしトイ〟の選別作業に悪戦苦闘しているという。自称一番弟子の野上《のがみ》に協力を要請したらしいが、土生井以上にトイには疎いということで「金輪際、師匠に損失を与えるわけにはいかない」と謝絶されてしまったということだ。そこで私にも手伝ってくれないかと言うのだが、こちらだってその界隈の鑑定眼はまったく無いので、未だ逃げ回っている次第である。

「カミ人30面相事件」のひゐろは、果たして出版界から干されることになった。やむを得まい、と思う。だがその後、小さいが志ある出版社が、ひゐろの版権のいくつかを引き取ってくれることになったという。新宿ゴールデン街の〈ちがった空〉のケンジや、〈十月〉のママらが働きかけたらしい。昔からあの界隈には独特のネットワークがあるのだ。

私も、もうしばらくは西新宿にいてもいいかと思っている。

「例のお見合いの件だけどね――」と、私の回想を破るように、不意に助手席の真理子が口を開いた。

「うん？」私は赤いレザージャケットを目の端に捉えながら生返事をした。

「ごめんなさい、いしちゃったわ」

どういうことなのか。

「だってあいつ、オシャベリ過ぎなんだもの。しかも自慢話ばっかり。こっちが疲れるわ」と言って、首をポキポキと鳴らす。

「へえ、そうか」

「おまけに最悪なのは、自慢話はするくせに、ことごとく固有名詞を間違えていることね。頭が悪過ぎる。というか、自分以外の全てのことに対してリスペクトが無い証拠よ」

確かにそういう人間はいる。

「ふーん、そうか」

「で、断ったってわけ」

正直、真理子の破談に私は安堵していた。だが努めて表情には出さないようにした。

「ほう、そうか」とだけ答えておく。

「ンもう、何か感想は無いの？」と、真理子が不服そうに言った。

オシャベリ野郎は疲れると、のたまったのはどこの誰だ。

私は感想を述べる代わりに、アヴェンタドールのドライビングモードを高速走行の〝SPORT〟に切り替えた。

「つかまれよ。飛ばすぜ！」

本書は、2023年８月に小社より刊行した単行本『紙鑑定士の事件ファイル　紙とクイズと密室と』を加筆修正し、文庫化したものです。この物語はフィクションです。作中に同一の名称があった場合でも、実在する人物、団体等とは一切関係ありません。

宝島社
文庫

紙鑑定士の事件ファイル
紙とクイズと密室と
（かみかんていしのじけんふぁいる　かみとくいずとみっしつと）

2024年3月20日　第1刷発行

著　者　歌田 年
発行人　関川 誠
発行所　株式会社 宝島社
〒102-8388　東京都千代田区一番町25番地
電話：営業 03(3234)4621／編集 03(3239)0599
https://tkj.jp
印刷･製本　中央精版印刷株式会社

Printed in Japan
First published 2023 by Takarajimasha, Inc.
ISBN 978-4-299-05293-3